AV

AF220003

Einen Weg, den ich verfolgen würde beim Schreiben, gibt es nicht. Meine Geschichten bewegen sich zwischen Realität und Fiktion. Ich weiß bis heute nicht, wie es geht, will es auch nicht wissen, nichts beweisen oder festmachen, was im Buch zusammenfindet. Nur so funktioniert mein Schreiben.

Aus *Über die Sprache hinaus*

Adelhard Winzer, geboren in Karlshuld, Donaumoos, lebt heute im Chiemgau. Erlernte das Bäckerhandwerk. Spielte mit sechzehn in der ersten Band. War Discjockey und als Berufsmusiker in Deutschland, Österreich und der Schweiz unterwegs. Veröffentlichte ein Kinderbuch. Arbeitete in einer Großbank. Wurde zur Lesung in den Grünen Salon der Volksbühne Berlin eingeladen. Belegte den dritten Platz beim Fränkischen Kurzgeschichtenpreis. Widmete sich, nach dem Eintritt ins Pensionsalter, endgültig dem Schreiben und Zeichnen.

ADELHARD WINZER
RÜCKSCHAU
Lesebuch

© 2021 Adelhard Winzer
Alle Rechte vorbehalten
Herstellung und Verlag:
BoD – Books on Demand, Norderstedt
Umschlagzeichnung:
Adelhard Winzer

ISBN 9783-753472461

Inhalt

RÜCKSCHAU

Adelhard Winzer
Die Sprachgrenze

Die Sprachgrenze
Geschichten. 2018. 184 Seiten
Paperback. ISBN 9783746087429
(Auch als E-Book erhältlich)

*Alles Schöpferische entsteht durch
Zweifel. Dem einfachen Satz ist nicht
zu trauen. Traum, Vision, Gedicht und
Erzählung, hingeschrieben in scheinbarer
Leichtigkeit, sparen das Geheimnis nicht
aus, jenen Spielraum, der, versucht man
Geschichten nur wahrheitsgetreu zu
erfassen, hinter den Zeilen verschwindet.
Die Andeutung, das Aufzeigen der Dinge,
die Behauptung und das Nichtgesagte
ergeben ein Bild von Wahrheit,
das jeder Realität standhält.*

*In mehr als hundert ineinandergrei-
fenden Geschichten (die längste hat
elf Seiten, die kürzeste vier Zeilen)
wird anhand der Parabel, der Groteske,
der Fabel und der Übertreibung von
Personen und Ereignissen berichtet,
denen allen gemeinsam die Thematik
„In der Fremde" zugrunde liegt.
Skizzenhaft, lakonisch, phantastisch
überhöht, bis an die Grenzen
der Erzählbarkeit.*

„Ihre Texte haben lange auf meinem
Schreibtisch gelegen und ich habe immer
mal wieder hineingeschaut. Der Titel
‚Sprachgrenze' ist total richtig gewählt.
Alle Texte machen vor etwas Halt – eine
Wand? Ein Absturz? Ein Paradies? Das
wirkliche Leben? (was immer das ist).
Man wartet auf einen Durchbruch, aber er
kommt nicht. Sehnsuchtstexte! Sehnsucht
sehnt sich nach Erlösung. Aber was könnte
das sein? Gott? Die Liebe? Die Tat?"
*Ruth Rehmann in einem Brief
an Adelhard Winzer*

DER STUHL

Ein Stuhl stand im Zimmer, nichts als ein Stuhl. Keine Marke, kein Kunstwerk, ein Stuhl eben mit vier Beinen, nichts weiter. Aus Holz und einer Rückenlehne. Was soll ich noch sagen? Dass es ein Vormittag war, oder wäre Ihnen ein Nachmittag lieber, wenn die Leute in den Büros bereits von ihren Stühlen aufgestanden sind. Aber so ein Stuhl ist das nicht. Nur ein ganz einfacher Holzstuhl mit Rückenlehne und vier Beinen, der im Zimmer steht, und sonst nichts. Auf den man sich setzen kann, ohne ans Büro zu denken, an den Chef. Ein Stuhl mit vier Beinen und Rückenlehne. Ein Stuhl. Ein ganz einfacher Stuhl.

BROT UND WEIN

Die Eier aufgeschlagen, brutzeln in der
Pfanne. Wein steht bereit und frisches
Weißbrot. Jetzt folgt der Speck. Bloß
keinen Aufwand, sagte sie, mach einfach,
was du gerne hast. Als sie schließlich
vor ihm stand, mit nassen Haaren und
strahlenden Augen, rief sie, das duftet aber
gut! Setz dich, sagte er, heute wirst du
verwöhnt. Auf meine Art, fügte er hinzu.
Und ein herrlich blauer Himmel lag über
dem glitzernden Meer.

DAS KIND

Ich kann mit den Bäumen sprechen, sagte
das Kind, mit den Wolken, dem Wind,
auch mit dem Mond und der Sonne. Mit
den Bäumen am liebsten, wiederholte es.
Gut, dass wir dich haben, sagte die Mutter. Ich hab dich lieb, das Kind.

DREI BRETTER

Drei Jungen marschierten vor mir her. Jeder hatte ein Brett auf den Rücken geschnallt, rot, blau und gelb. Der Junge mit dem roten Brett hinkte. Sie zogen lachend durch einen Tunnel, blieben hin und wieder stehen, blickten sich um. Vor einem großen Platz machten sie Halt, schnallten sich gegenseitig die Bretter vom Rücken. Der mit dem roten Brett setzte sich auf eine Bank. Das Brett auf seinem Rücken ragte weit über seine Schultern hinaus. Die beiden schossen jetzt wie wildgewordene Tiere mit ihren Brettern aufeinander zu. Der Junge auf der Bank feuerte sie an, blickte dabei mit leeren Augen vor sich hin. Schließlich kehrten sie zurück zu ihm, schnallten sich die Bretter wieder auf den Rücken. Sie lachten und bewegten sich, wie es nur junge Leute können.

DER JUNGE

Sie trat in die Bottega, blickte sich um und erkannte den Jungen. Ihre Haare waren triefnass. Die Schuhe schmerzten sie. Ihre Achselhöhlen, an die sie wie unter Zwang auf dem Weg hierher denken musste, hatten keine Bedeutung mehr. Sie schloss ihre Augen, atmete tief, dabei blähten sich ihre Nüstern. Der Junge, den sie an der Straßenkreuzung noch in Gedanken liebkost hatte, stand plötzlich neben ihr. Er stellte ihr nach, das wusste sie. Sie gab sich nicht zu erkennen, würde es niemals tun. Auffallend langsam ging sie die Theke entlang.

MANN UND FRAU

Bevor sie schlafen geht, hängt sie ihre Kleider auf den Balkon. Sie geht vor ihm schlafen und sagt, holst du meine Kleider rein, bevor du schlafen gehst? Natürlich, sagt er. Nicht vergessen, sagt sie, das Bad ist jetzt frei. Schlaf gut, sagt er.

DIE FRAU

Wenn sich die Frau einsam fühlt,
umschlingt sie manchmal ihren Mann
mit beiden Armen, erdrückt ihn beinahe
dabei. Sie meint das nicht böse. Sie fühlt
sich nur manchmal sehr einsam.

DER IDIOT

Sie ließ ihn zappeln am Telefon, machte sich einen Spaß daraus, nicht mehr zu antworten. Und wieder begann er zu stammeln, wie sehr er sie liebe, nicht mehr leben könne ohne sie. Sie sagte nur noch einen Satz, bevor sie ihr Telefon aushängte: Mein kleiner Idiot, ich habe keine Zeit mehr für dich.

DER ALTE MANN

Der alte Mann kehrte erschöpft von seinem Sonntagsspaziergang zurück, öffnete die Tür und sah, wie eine junge Frau schwerbepackt mit Koffern und Schachteln den Aufzug verließ. Der Lift war vollgestellt mit Taschen und Stühlen, einer Kaffeemaschine, Bilderrahmen und Stöckelschuhen. Er blieb stehen, drückte auf den Knopf außerhalb des Fahrstuhls, damit die junge Frau ungehindert ihre Sachen ausräumen konnte. Sie bedankte sich herzlich und stellte ihre Pakete, Stühle, Taschen und Stöckelschuhe auf den Flur. Gern geschehen, sagte der Mann. Als er einstieg und den Knopf zu seinem Stockwerk drückte, spürte er ein angenehmes Gefühl in sich aufsteigen. In der Wohnung angelangt, hörte er im Radio eine Sendung über gute Werke. Er setzte sich, nahm die Zeitung in die Hand und fühlte sich bestätigt. Jawohl, rief er und erschrak beinahe über seine Stimme.

DER VOGEL

Ein Vogel hatte sich in einem Strauch verfangen, die angepickte Beere noch im Schnabel. Er flatterte, ließ den Strauch erzittern. Bei näherer Betrachtung erkannte der Mann, der dort stehen geblieben war, eine Amsel, pechschwarz vor dem abendlichen Himmel. Er trat näher, griff in den Strauch, und ein blankgeputztes, gelbumrandetes Auge beobachtete ihn. Er griff noch einmal in den Strauch, verspürte einen Schmerz. Der Vogel zappelte in seiner Hand, sah angriffslustig aus. Schließlich umfasste ihn der Mann mit beiden Händen, riss ihn ruckartig aus dem Zweig, dass die Krallen eines Fußes hängenblieben daran. Das kleine Herz des Vogels schlug wild in seiner Hand. So etwas hatte er noch nie gespürt. Er schloss seine Augen, hob beide Hände in die Höhe, und warf das wild pochende Herz zurück in die Freiheit. Die beste Lösung, dachte der Mann, was hätte ich anderes tun sollen! Er blickte auf die kleine angepickte Beere in seiner zitternden Hand.

AM MEER

Jedes Jahr fuhr er in den Süden, ans Meer.
Allein mit seinem Hund. Ein Bergdorf,
weit abgelegen. Das liebte er, obwohl er
kaum die Sprache der Einheimischen
verstand. Mit Gesten konnte man sich
auch verständigen. Und das Wörterbuch
griffbereit. Die Pensionsinhaberin liebte
Tiere. Vor allem seinen Hund. Jedenfalls
kam es ihm so vor. Wie sie sprach mit ihm,
und gleich einen kleinen Knochen parat. So
etwas verbindet. Obwohl sie eine andere
Sprache sprach, verstand der Hund jede
Tonlage in ihrer Stimme. Der Mann ruhte
sich aus nach der Ankunft. Das liebte er,
die Stille. Und sein Hund bekam einen
Extraplatz. Abgeschirmt von der Sonne.
Der Mann schätzte das sehr, die kleinen
Aufmerksamkeiten. Dafür gibt man gerne
Trinkgeld. Sein Bett bezogen mit weißen
Tüchern. Stillschweigende Übereinkunft.
Dort fühlte er sich zu Hause, geborgen und
in Sicherheit. Für alles war gesorgt. Das
Essen nach seinem Geschmack. Einfach
königlich. Allein die Aussicht aus seinem
Zimmer rechtfertigte den Vergleich.
Vier Wochen allein am Meer, und wie
neugeboren zurück. Dafür lassen sich die
Schmerzen ertragen. Die Erniedrigungen
der Kollegen. Dafür lässt es sich leben für
den Rest des Jahres. Bis heute weiß keiner,
wo er sich aufhält. Vier Wochen im Jahr,
allein mit seinem Hund. Weit im Süden,
am Meer.

DIE FLIEGEN

Den ganzen Vormittag über beobachtete
er die Fliegen, die klein und verspielt im
Zimmer umherschwirrten, ruckartig ihre
Flugrichtung änderten, sich gegenseitig
verfolgten, immerzu um den kleinen
schmalen Streifen herum, an dem bereits
neun Fliegen klebten – halb noch am
Leben und doch schon tot. Und sobald
sie sich der klebrigen Masse näherten,
beinahe kleben blieben an ihr, schossen
sie wieder davon, spielten weiter
ihr verwegenes Spiel, als sei nichts
geschehen. Der Mann fragte sich,
erkannten sie im Heranfliegen bereits
die süße Gefahr, war es der Geruch,
die Farbe, goldgelb, oder nur Zufall, der
sie wieder forttrieb. Jetzt aber hatte er
sie gesehen, noch eine, die nicht mehr
loskam von dem schmalen klebrigen
Streifen, hilflos zappelnd, verzweifelt,
völlig ergeben, nur noch warten konnte
auf den Tod.

DIE BAR

Das Mädchen hinter der Bar lächelte,
machte ihn verlegen mit einem Blick,
stand scheu und verloren vor ihm,
wartete wahrscheinlich auf eine Geste,
ein freundliches Wort. Gestern sei sie
krank gewesen, sagte sie in gebrochenem
Deutsch, habe unentwegt Prüfung, wann er
angekommen sei. Gestern, sagte er, nein,
vorgestern. Sie schaute ihn an, dass er
nichts mehr sagen konnte, blickte ihm in
die Augen, als könne nur er sie erlösen.
Wahrscheinlich war sie freundlichere
Worte gewohnt von den Gästen. Nur
jetzt, an diesem Nachmittag, hielt er sich
alleine auf in dieser Bar. Er trank seinen
kleinen Espresso, obwohl er einen
großen haben wollte, und blickte zur
Seite. Wahrscheinlich hatte er sich falsch
ausgedrückt. Einen kleinen Kaffee bekam
er und ein scheues, verunsichertes Lächeln.
Er zahlte, ging schließlich hinunter ans
Meer. Er schwor sich, nie mehr einen
Espresso zu trinken. Er lachte, als er sich in
die Fluten stürzte. Seine Gedanken waren
bei dem Mädchen hinter der Bar.

SEHNSUCHT

Wenn ich erst fertig bin mit der Arbeit,
wird alles anders, das ist nicht das Leben,
nein, alle Leute sagen das, nichts als Ärger
und Verdruss im Büro, das Leben wartet
noch auf mich! Als es ihn schließlich traf,
völlig überraschend, und mit aller Gewalt,
war es doch nicht das Leben. Die Tage so
lang, aufstehen, nichts tun, weiterschlafen
bis Mittag und dem Leben nur zusehen
und morgen, der Urlaub, kein Urlaub mehr,
was wird übermorgen sein. Was ist, fragt
die Frau, er kann es ihr nicht erklären,
nur schlafen und aufstehen, dem Leben
zusehen. Der ehemalige Arbeitskollege,
nie zuvor an diesem Urlaubsort, erzählt
von seinen Aufstiegschancen, von dem
neuen Chef im Büro. Er aber, weil so
gewollt, vorzeitig im Ruhestand, keine
Höhepunkte mehr, kein Erfolgserleb-
nis, ein Tag wie der andere, und ohne
Rhythmus, versteht ihn, den ehemaligen
Kollegen. Was hast du, fragt sie, nichts,
entgegnet er. Wie er ihn beneidet, den
ehemaligen Kollegen, der sich zu Tode
langweilt hier, es nicht mehr ertragen
kann, diese Einöde, sich heute schon
freut auf die Rückreise, wieder nach
Hause fahren kann, voller Zuversicht,
zurück ins Büro.

DAS HAUS

Ein Mann stand auf dem Balkon, blickte
hinunter auf die leblose Straße, die seltsam
schwarz im Laternenschein glänzte. Ein
Haus, wie es keines mehr gibt, sagte die
Frau, wie oft habe ich auf ihn gewartet,
an ihn gedacht, die Hoffnung nicht
aufgegeben, obwohl er nicht kam. Ein
Haus, wie es keines mehr gibt. Es wird
Ihnen gefallen, zu groß für mich. Sollte
er kommen, geben Sie mir Bescheid.
Große Küche, großes Bad, ein Haus zum
Träumen. Sie geben mir Bescheid, wenn er
kommt? Und ruhig, ein Haus, wie es keines
mehr gibt. Sollte er kommen, klopfen Sie
an die Türe, drei Straßen weiter, bei meiner
Schwester. Sie dürfen nicht glauben, was
die Leute sagen, auch wenn ich auf einen
warte, den es nicht gibt, ich stehe mit
beiden Beinen auf dem Boden. Nein, ich
bin kein unrechter Mensch! Der Mann
überlegte, ob er es aushalten würde, allein,
jahraus, jahrein, dachte an die Frau, die ihn
hier stehen ließ auf dem Balkon, als sei er
bereits der neue Besitzer. Ein Haus, wie es
keines mehr gibt, er kannte die Schwächen,
war Geschäftsmann genug, um zu wissen,
was hier auf ihn zukam. Er blickte auf die
leblose Straße und bemerkte eine Frau, die
langsam um die Ecke bog, mit erhobenem
Kopf zu ihm hinaufblickte und rief: Das
habe ich mir immer gewünscht, einen
Mann auf meinem Balkon, einen richtigen
Mann!

IN DER FREMDE

Das Auto war einfach stehen geblieben.
Und weit und breit keine Hilfe. Da trat
unerwartet ein Mann auf uns zu: Was ist
es, ein Platten, die Zündkerze oder nur das
Benzin? Nein, kein Einheimischer, sehen
Sie dort in der Ferne, mein Haus, nach
einem Jahr spätestens wollen auch Sie
nicht mehr fort. Sie glauben mir nicht?

KETTEN

Der Mann, der durch glückliche Umstände zu Reichtum gekommen war, rückte seine Sonnenbrille zurecht und stolzierte auf zwei Mädchen zu, die am Strand aus Langeweile die neuesten Hits vor sich hin trällerten. Hello, sagte er, ich bringe euch ganz groß raus! Die eine begann zu kichern, die andere sagte: Yeah! Ich habe die Fäden in der Hand, meinte er, kenne sämtliche Leute in der Branche, weil ich selbst zu ihnen gehöre! Cool, sagte die erste. Die zweite musterte ihn von oben bis unten. Giribaldi, mein Name, sagte er und überreichte ihnen seine Visitenkarte, auf der eine Villa zu erkennen war. Oben auf dem Hügel, gegen Mitternacht, fügte er hinzu und verschwand.

Die beiden Mädchen blickten sich belustigt an. Wer glaubt, wird selig, meinte die erste. Nicht ganz ohne, die zweite. Dann legten sie sich in den Sand, lauschten auf die Geräusche des Meeres. Jemand hatte ihnen erklärt, dass man dadurch sein Gehör schulen könne.

Am Nachmittag spazierten sie die Promenade entlang, erkannten auf der Terrasse einer Bar den Mann wieder, der sie angesprochen hatte, neben ihm eine üppige Blondine, die ihnen bekannt vorkam, Filmstar oder Sängerin – und beide kamen ins Grübeln. Daraufhin kauften sie sich einen Eisbecher, den sie redlich miteinander teilten.

Der Mann hatte bei der vollbrüstigen Frau
kein Glück gehabt, fuhr allein im offenen
Wagen den Hügel empor. Die Villa
leuchtete hell und weiß vor dem blauen
Himmel. Oben angekommen, mixte er
sich einen Drink, schälte sich aus seinen
Kleidern und legte sich auf die Couch. Er
wäre beinahe eingeschlafen. Schließlich
schaltete er den Fernseher ein. Seine
Ketten griffbereit, verfolgte er im Halb-
schlaf einen Krimi.

Kurz vor Mitternacht knatterten zwei
Motorroller den Hügel hinauf, bogen
im Licht einer Laterne in den Hof der
Villa ein. Die Motoren und Schein-
werfer der Roller gingen aus, und
zwei Mädchenstimmen unterhielten
sich leise. Es war mehr ein Frage-
und Antwortspiel. Sie blickten auf
ein hellerleuchtetes Fenster, machten
sich aber nicht bemerkbar.

Der Mann saß noch immer vor seinem
Fernseher, starrte auf die Uhr und
schreckte hoch, weit nach Mitternacht!
Er fluchte, öffnete das Fenster, konnte
aber nichts erkennen, stürmte in den
Hof. Wieder im Zimmer, hörte er zwei
Motorroller langsam den Berg hinun-
terrattern, glaubte plötzlich, sie würden
umkehren. Doch er hatte sich geirrt, es
war nichts mehr zu hören. Enttäuscht
warf er seine Ketten wieder in die eisen-
beschlagene Kiste, auch die Peitsche, hielt
den Schlüssel in seiner Hand. Morgen ist
auch noch ein Tag, dachte er.

DIE NACHT

Die Nacht die geht die Nacht die lügt
die Nacht die leidet die Nacht die übt
die Nacht die lebt die Nacht die schläft
die Nacht die lacht die Nacht die vergisst
die Nacht die mordet die Nacht die liebt
die Nacht die schwindet die Nacht die
wühlt die Nacht die träumt die Nacht
die tagt die Nacht die wacht die Nacht
die Nacht –

DIE SPINNE

Es war ein herrlicher Sommermorgen. Der
Mann hängte seine frischgewaschenen
Hosen und Hemden auf den Balkon. Als er
nichts mehr zu tun hatte, fuhr er mit dem
Fahrrad zweimal um den nahegelegenen
See, kehrte gegen Mittag wieder zurück.
Nichts hatte sich ereignet. Er ging ins
Badezimmer, blickte in den Spiegel, trat
wieder hinaus auf den Balkon. Dort
bemerkte er ein großartiges Kunstwerk,
ein Spinnennetz, das in der Sonne glitzerte.
Langsam trat er näher. Eine Fliege zappelte
im Netz. Da bemerkte er die Spinne!
Erschrocken blieb er stehen, trat einen
Schritt zurück. Aber die Spinne bewegte
sich nicht. Wie gebannt blickte er auf die
Fliege, die vergeblich versuchte, sich zu
befreien. Da wünschte er sich eine Spinne
zu sein.

SCHWEIGEN

Schweigen war das Wort in seiner Kinderzeit. Anpassung das zweite. Das lernte man in der Schule. Wann hatte er jemals gesprochen? Zu sich selbst? In den Spiegel? Aufrecht geht man durchs Leben, sagte sein Lehrer. Hieß das, sich nichts gefallen lassen? Dabei tauchte das Wort Unterdrückung auf. Hatte er jemals gelernt, sich nichts gefallen zu lassen? SCHWEIGEN, ANPASSEN, AUFRECHT DURCHS LEBEN GEHEN, schrieb er auf ein Blatt Papier.

DIE FAHRKARTE

Der Schaffner hatte sich als solcher nicht
zu erkennen gegeben, stand auf von
seinem Platz, schlüpfte in seine Jacke und
marschierte schnellen Schrittes durch den
Gang auf den Reisenden zu, der dort allein
im Abteil saß. Ausweis, sagte er. Der
Reisende zeigte ihm die Fahrkarte. Den
Ausweis, sagte ich! Warum, fragte der
Reisende. Sind Sie nicht Giribaldi? Nein,
entgegnete er. Zeigen Sie mir Ihre Papiere!
Ich habe nichts getan, sagte der Reisende.
Dann haben Sie auch nichts zu befürchten!
Schließlich reichte er ihm seinen Ausweis.
Warum nicht gleich so, meinte der
Schaffner und begann darin zu blättern.
Wohin, fragte er. Das steht auf meiner
Fahrkarte, aber die interessiert Sie ja nicht!
O doch, entgegnete der Schaffner, eins
nach dem andern! Stimmt das, fragte er
und ließ sich Geburtsort, Geburtsdatum
und Wohnort aufsagen. Jetzt die Fahrkarte!
Ein zweiter, anscheinend höhergestellter
Beamter trat ins Abteil, winkte den
Schaffner zu sich und fragte: Glück
gehabt? Nein, entgegnete er, und beide
verschwanden. Der Reisende stand auf,
schob seine Tasche tiefer ins Gepäcknetz,
legte seinen Mantel darüber. Noch fünfzig
Kilometer, dachte er. Die beiden kehrten
zurück, marschierten aber diesmal vorbei
an ihm.

DER TRAUM

Kaum hatte er die Grenze überschritten,
erreichte er das Dorf und fühlte sich wohl.
Zum ersten Mal in seinem Leben glaubte
er angekommen zu sein. Trotz warnender
Beschreibungen seiner Freunde. Hier
am Rande der Wüste konnte er wieder
schlafen, ruhig und fest. Auch die Bewoh-
ner so freundlich und zuvorkommend, als
sei er ihr ganz spezieller Gast. Hier am
Rande der Wüste begrub er alle seine
Sorgen und Ängste. Und jetzt soll er
wieder gehen?

. . .

Adelhard Winzer
Lügengeschichten

Adelhard Winzer
Lügengeschichten

Wie lange waren Sie fort von zu Hause?
Ich war niemals fort. Doch, wir wissen es,
wie lange? Niemals war ich fort. Sie lügen,
sagen Sie schon! Gut, ich lüge, aber das ist
die Wahrheit.

Lügengeschichten
2018. 132 Seiten. Paperback
ISBN 9783752862102
(Auch als E-Book erhältlich)

DER ALTE MANN

Der Mond hat sieben Türen, sprach das
Kind. Ich lebe nicht hinter dem Mond,
erwiderte der Mann. Du hast keine
Ahnung, meinte das Kind, wenn der erst
mal seine Hintertür aufmacht, beginnen
die Menschen zu wackeln. Von wegen
wackeln, sagte der Mann. Ja, wenn der
Mond wirklich wollte, könnte er die ganze
Welt überschwemmen, aber er hat Mitleid
mit uns, vor allem mit den alten Leuten.
Ich bin nicht alt, entgegnete der Mann.
Für ganz Alte, sagte das Kind, macht
er die Vordertür auf, dort können sie
hineingehen! Und das Kind verschwand
wie es gekommen war. Blödsinn, dachte
der alte Mann, drehte sich auf die andere
Seite, und konnte doch nicht einschlafen.
Seine Gedanken begannen um den Mond
zu kreisen, um die Erde, um alte Leute.
Schließlich träumte er, durch eine große
weite Tür zu gehen. Alle Menschen
machten ihm Platz, verbeugten sich
und riefen: Wo warst du denn die ganze
Zeit!

DAS HAARWASSER

Anfangs sagte die Frau zu ihrem Mann:
Deine Haare riechen aber gut! Nach zehn
Jahren meinte sie: Kauf dir ein anderes
Haarwasser! Als sie ins Alter gekommen
war, fragte sie: Weißt du noch den Namen
des Haarwassers, das du früher so gerne
benutzt hast? Natürlich, sagte der Mann,
das gibt es aber nicht mehr.

DER BUCHHÄNDLER

Es war einmal ein Buchhändler, der handelte nicht mit Büchern. Er stellte sie nur ins Schaufenster. Jedes Mal, wenn ein Kunde seinen Laden betrat, packte er Bücher aus, als hätte er sie gerade erst bekommen. Er legte sie mal hierhin, mal dorthin. Er sagte: Unverkäuflich! Oder er verlangte tatsächlich einen Preis, dass der Kunde zu lachen begann. Eines Tages eröffnete gegenüber von dem Buchhändler, der keine Bücher verkaufte, ein anderer Buchhändler einen Buchladen. Der verkaufte seine Bücher. Zum Beispiel sagte der: Meine Bücher kosten nicht viel, aber nur heute! Morgen sind sie wieder teurer. Große Kisten standen vor dem Eingang. Und er sprach mit den Passanten. Eigentlich interessierte das den Buchhändler nicht, der keine Bücher verkaufte. Er sagte höchstens: Das Buch kriegen sie da drüben viel billiger! Oder er stempelte seine Bücher, dass sie wertlos erschienen. Von irgendwas muss man doch leben, dachten die Leute. Der verkauft keine Bücher und nennt sich Buchhändler! Vielleicht war er bloß ein harmloser Spinner, ein Millionär, oder beides. Der Buchhändler, der keine Bücher verkaufte, sagte nichts dazu. Ist das etwa verboten? Seine Bücher standen nicht in den Regalen, sondern auf Tischen, Stühlen oder aufgereiht am Boden. Das ist eine wahre Geschichte. Ich habe sie gestern Nacht geträumt.

LICHTER

Der Mann, der nachts nicht schlafen
konnte, stellte sich auf seinen Balkon und
begann die Lichter in den Fenstern der
Häuser gegenüber zu zählen. Manchmal
brachte er es auf neunundvierzig, dann
wieder nur auf siebenundzwanzig Lichter.
Es gab auch Zeiten, wo es nur läppische
zehn oder gar nur fünf Lichter zu zählen
gab. Die höchste Zahl aber, die er jemals
erreichte, sein Lichtrekord, waren drei-
hundertneunundneunzig Lichter. Er hat
damals die Zahl gleich in seinen Lichterzahlenkatalog eingetragen und fett umran-
det, so was passiert schließlich nicht jede
Nacht. Und jedesmal, wenn der Mann eine
neue Bekanntschaft macht, spricht er von
seinem Lichterzahlenkatalog. Erst am Ende
des Gespräches erwähnt er seine Höchst-
zahl. Daraufhin fragen die meisten Leute
anstandshalber: Was, wie viele?! Dreihun-
dertneunundneunzig, wiederholt er. Er
könnte auch das Datum nennen. Oder die
Uhrzeit. Aber das macht er nicht. War es
doch während des Fußballweltmeister-
schaftsendspiels, das damals im Fernsehen
übertragen wurde. Alles, meint der Mann,
muss man den Leuten ja nicht auf die Nase
binden!

. . .

Adelhard Winzer
Stockholm Blues

ADELHARD
WINZER
STOCKHOLM
BLUES
Kurzprosa

Stockholm Blues. Der Traum. Nachts. Befreiung. Die Bank. Der Fährmann. Der Arbeitstisch. Die Nachricht. Ein Stern fehlt am Himmel. Die Kirche im Dorf. Die Straße. Er hat viele Namen. Der Verschwiegene. Vernunft. Das Leben. Der Morgen. Das Trojanische Pferd. Der Weg ins Gebirge. Das Tor. Die Sekretärin. Leoparden. Der Fremde. Der Mann auf der Straße. Der Wunsch. Das Hotel. Der Fremde. Gump. Der Käfer. Trennung. Gump. Die Badewanne. Die Brücke. Kälte. Der Kampf. Der Verliebte. Das Pferd. Veränderung. Die Rose. Spann die Schimmel an. Er sprach sich Mut zu. Der Hauptdarsteller. Der alte Mann. Zuschauer. Die Stimmen. Er ging ins Zimmer. Die Stille. Hunger. Die Schnur. Zeig mir deine Schwäche. Das Fräulein. Der Spiegel. Warten. Die Rote Liste. Plakate. Das Schöne. Der Vorsatz. Die Fremde. Die Uhr. Das Tier. Begegnung. Gedanken. Der Fremde. Der Mann auf dem Hochrad. Drei Männer. Der einsame Mann. Als ich das Meer war. Der Purzelbaum. Drei Töchter. Der Schmerz. Alles ist tot hier. Die Wunde. Der einsame Mann. Der Anzug. Geduld. Der Lift. Das Haus. Papier. Der Chiemsee. Das Kind. Einladung. Das Leben.

Stockholm Blues
Kurzprosa. 2018. 92 Seiten
Paperback. ISBN 9783752839814
(Auch als E-Book erhältlich)

STOCKHOLM BLUES

Seit ich denken kann, will ich nach Stockholm. Kennen Sie Stockholm? Ich war
noch nie dort. Es ist schön, wo ich wohne,
ich vermisse nichts. Also, sagen meine
Freunde, was willst du in Stockholm?
Ich weiß nicht. Nachts erwache ich aus
meinem Traum, drehe mich auf die andere
Seite und denke, morgen gehe ich nach
Stockholm. Stets kommt etwas dazwischen. Ich gehe zur Arbeit, ärgere mich,
gehe wieder nach Hause – schon ist der
Tag vorbei. Wie schön wäre es jetzt in
Stockholm, denke ich, warum bist du nicht
nach Stockholm gegangen! Ich war in Tri-
nidad, ich war in New York, aber was ist
das im Vergleich zu meinem Traum. Meine
Freunde sagen, geh in dich, vergiss dieses
Stockholm, es bringt dich noch um! Aber
in Gedanken bin ich in Stockholm. Ich
weiß nicht warum. Um was Neues beginnen zu können, muss ich nach Stockholm.
Kennen Sie Stockholm? Waren Sie schon
dort? Heute wäre ein guter Tag, um nach
Stockholm zu gehen!

DER TRAUM

Ein Mann sitzt in meinem Zimmer.
Unruhig gehe ich vor ihm auf und ab,
bleibe wieder stehen. Immer bleibe ich
stehen vor ihm. Er hat seine Beine über-
einander geschlagen, spreizt einen Fuß im
Gelenk. Auch ich bin nicht unschuldig,
sagt er, ich hätte mich genauso verhalten
wie Sie. Was gestern ist, hat morgen nichts
zu sagen! Ich setze mich zu ihm, ziehe
einen kleinen Bumerang aus der Tasche.
Haben Sie Kinder, frage ich.

NACHTS

Wer nachts alleine durch die Straßen geht, ist entweder allein oder einsam, oder er kommt gerade von seiner Freundin oder von der Nachtschicht oder Spätschicht, oder er ist Bäcker und geht in die Brot-fabrik, oder er hat an der Ecke seinen Wagen abgestellt und ist jetzt auf dem Weg nach Hause zu seiner Frau – oder auch nicht. So viele Fragen gehen den Menschen durch den Kopf, wenn sie nachts alleine durch die Straßen gehen und dabei auf einen Menschen treffen, der alleine durch die Straßen geht.

Er geht in den Wald. Zu seiner Frau sagt
er: Ich bin in der Au! Manchmal nimmt
er das Fahrrad. Motorsäge und Beil,
eine Plane, falls es regnet. Er räumt auf,
schlichtet Zweige und Äste. Das beruhigt
ihn. Umgestürzte Bäume lassen sein Herz
höher schlagen. Er prüft sie, zersägt sie in
gleiche Teile. Stundenlang, und immer
allein. Manchmal blickt er sich um, er hat
die Erlaubnis vom Forstamt. Auch seine
Frau hat sich daran gewöhnt. Er ist stark
wie ein Bär, und eigensinnig! Und sanft-
mütig wie ein Kind. Da sitzt er, macht
Pause. Sein Bier griffbereit. Manchmal
pfeift er vor sich hin. Was er denkt, weiß
ich nicht.

DIE BANK

Ich sitze allein auf einer Bank. Im Gegensatz zu all den anderen Bänken, die rot in der Dunkelheit leuchten, ist sie schwarz gestrichen. Ich darf nicht aufstehen, das weiß ich. Ich sitze hier, um erkannt zu werden.

DER FÄHRMANN

Ich bin der Fährmann, besitze einen Kiosk,
nehme nur Leute auf mit weißen Schuhen.
Die Sonne ist käuflich, sage ich, und der
Fluss mein Geschäft. Die beste Kundschaft
wartet auf mich. Aber ich bin unglücklich.
Täglich geht ein Mädchen in weißgeblüm-
tem Kleid vorbei, hoch aufgeschossen, dass
ich klein erscheine neben ihr. Sie lächelt
jedes Mal, als wüsste sie um meine Sorge.
Deswegen sage ich auch nichts. Immer
wenn ich mir eine Zigarette drehe, beobachtet sie mich, heimlich und verschwie-
gen, mit gesenktem Blick. Ich weigere
mich, die Herrschaften über den Fluss
zu fahren. Zwei Anker stecken im Sand.
Fünfzig Silberlinge, sage ich, darunter geht
nichts. Da bemerkt ein Herr das Mädchen
mit dem geblümten Kleid, springt aus der
Fähre, geht zielstrebig mit ihr in den Wald.
Ich warte und putze meine Anker. Längst
Rache schwörend, fahre ich allein über den
Fluss.

. . .

Adelhard Winzer
Hundert Zeichnungen

Hundert Zeichnungen
2018. 116 Seiten. Paperback
ISBN 9783744885737
(Auch als E-Book erhältlich)

HUNDERT ZEICHNUNGEN

*Zuerst die Bewegung,
dann der Gedanke.*

Die in diesem Buch präsentierten
Arbeiten sind rasch und unabhängig
voneinander entstanden. Beim
Aussortieren habe ich bemerkt, dass
unter ihnen ein gewisser Zusammenhang
besteht. So habe ich sie arrangiert,
als würden sie sich untereinander
Geschichten erzählen.

. . .

Adelhard Winzer
Grundsätze über
die Kunst

Adelhard
Winzer
Grundsätze
über
die Kunst

A B C D E
F f G H h I i J
K L M m N O
P Q q R S T U V
W X x Y Z z 1 2 3
4 5 6 7 8 9 0 ! „
§ $ % & / ( ) =
? + * . , ; : -

Grundsätze über die Kunst
2018. 72 Seiten. (Ohne Paginierung)
Paperback. ISBN 9783748102038
(Auch als E-Book erhältlich)

Zeige deine Schwäche, verheimliche sie nicht. Wie du es auch anstellst, was du auch versuchst, stets fällt sie auf dich zurück.

Übe dich im absichtslosen Verweilen.

Der Künstler hat keine Meinung, keine Ideologie, kein außer sich zu vertreten, ausschließlich sich selbst. Also, zeige dich, Künstler.

Wohin er dich führt, dein Weg. Wer, außer dir, soll das noch bestimmen?

All jene Künstler, die ich bewunderte, ja verehrte, lernte ich niemals kennen – welche unermessliche Kraft aber geht noch heute von ihren Werken aus.

Wer über das Vergangene lacht, lacht zugleich über das Heute.

Zeichne die Menschen, also dich selbst.

Male die Rosen nicht als Rosen, den Schnee nicht als Schnee. Zeichne dein Ich, nicht das Vorgegebene.

Endlich, nach unzähligen Versuchen, mit einer Zeichnung bei dir selbst ankommen.

· · ·

Adelhard Winzer
Andreas

Adelhard
Winzer
Andreas

Vor nicht allzu langer Zeit lernte ich
in Deutschland einen Jungen kennen,
der schon früh begann, seine eigenen Wege
zu gehen. Er hieß Andreas Glücker,
war klein und schmächtig und hatte
wunderschöne blaue Augen.
Auch konnte er ganz verschmitzt
lachen, wenn ich ihm etwas erzählte,
denn meistens wusste er darüber
längst Bescheid. Es stimmt gar nicht,
dass er immer traurig war.
All die großen Leute verstehen ihn
nicht, weil er sich ganz natürlich gibt.
Die Erwachsenen sind das nicht mehr
gewöhnt. Ja, sie sind einfach nicht
vorbereitet auf solche Wesen.

Andreas
Reprint. 2019. 80 Seiten
Paperback. ISBN 9783749436804
(Auch als E-Book erhältlich)

„Dieses Buch wendet sich Problemen zu,
wie Jugendliche sie in unserer Gegenwart
haben können: der Zweifel am sogenannten
Fortschritt, mangelnde Verbundenheit mit
der Natur, Missverstehen der Erwachsenen
im Hinblick auf jugendliches Verhalten. Das
Buch wird gewiss einen Teil von älteren
Kindern und Jugendlichen in weiter-
führenden Schulen gut ansprechen."
Prof. Doktor Anton Reinartz,
VJA Nordrheinwestfalen

„Ein wichtiges Buch, insbesondere für
Erwachsene, denn hier können sie etwas
erfahren über die Kluft, die sie zwischen
sich und den Kindern aufgebaut haben
und die Unkindlichkeit unserer Welt."
Klaus Friedrich, München

„In dem schmalen Büchlein
steht Bedeutsames."
Reichenhaller Tagblatt

„Begegnung mit einem
außergewöhnlichen Jungen."
Stuttgarter Nachrichten

„In einem langen Brief schreibt sich Andreas
all das vom Herzen, was ihn freut, aber auch
was ihn bedrückt, was ihm an den Erwachsenen nicht gefällt, die schuld daran sind,
dass Landschaften zu Betonwüsten
werden, die sich immer streiten
müssen, die Kriege führen ..."
Katholischer Kirchenanzeiger

„Das Buch habe ich bekommen und gelesen.
Es gefiel mir. Talentierter Mann!"
Stephan Sulke

Adelhard Winzer
Venedig, von hier aus

Venedig, von hier aus
Aufzeichnungen. 2019. 212 Seiten
Paperback. ISBN 9783749437481
(Auch als E-Book erhältlich)

Diese Arbeiten folgen keinem künstlerischen Konzept, keiner Gesetzmäßigkeit, keiner Logik im herkömmlichen Sinn. Niedergeschrieben in einem Zug, frei von ablenkenden Gedanken oder Zugeständnissen an eine literarische Form enthält der Band zweihundert Aufzeichnungen aus dem Unterbewusstsein. Allein das Aufhören am Ende der jeweiligen Notizbuchseite, um erneut beginnen zu können, galt als Einschränkung beim Schreiben dieser Texte.

Sie hatte sich für so und so viel Jahre so und so viel Geld zur Seite gelegt. Sie lebte alleine und hatte keine Kinder. Sie war im sogenannten letzten Drittel ihres Lebens angelangt, wollte nur noch leben. Ob sie geschieden war, wusste man nicht, nur dass sie oft in den Süden fuhr. Aber es war ihr egal, was die Leute dachten. Sie hatte sich so und so viel Geld für so und so viel Jahre zur Seite gelegt, und wollte jetzt nur noch leben. Sie hatte sich alles genau ausgerechnet –

Morgen ist der Tag, der gestern hätte sein sollen, mit all seinen Fehlern, Enttäuschungen und dem unerfüllten Wunsch nach Liebe –

Ich bin mir nicht sicher. Ein Schrei, unhörbar für andere, aber klar und deutlich für mich. Im Zimmer über mir Tische und Stühle. Die Hausmeisterin weiß nichts. Schreie, die meine Innenwelt bewegen. Ich bin mir nicht sicher, eine Erklärung allein genügte nicht –

Denke nicht daran, denke an nichts. Indem du an nichts denkst, denkst du wieder daran. Denken vernichten geht nicht. Das würdest du dir wünschen, einen Tag ohne Gedanken. Erst im Nachhinein weißt du, was wichtig gewesen wäre für dich –

Die Luft ist so erfrischend heute. Kein Mensch weit und breit. Nur du, die Möwen, der Strand und das Meer. Aber die helfen dir auch nicht weiter. Du musst allein fertig werden mit dir –

Vielleicht zeigt dir die Frau dort den Weg oder das Kind mit dem Ball in der Hand, das so schön lächelt, dass du ganz klein wirst, dich wieder auf dich selbst besinnst –

Kein Tag verging, ohne dass dir nicht jemand deine Fehler gezeigt hätte. Hast du einen Fehler gemacht? Wer hat dir gesagt, dass du fehlerfrei sein musst? Darf man keine Fehler mehr machen –

Wer sich selbst mag, benötigt keinen Hund. Katzen brauchen keine Führung. Der Wind findet seinen Weg allein. Daran könnte man sich halten –

Wir gehen in den Kindergarten, wollen hören, wie Kinderlieder gesungen werden, wollen sehen, wie ein Schloss gebaut wird aus Holzklötzchen, wollen erfahren, ob den Kindern Achtung beigebracht wird. Oder ob sie schon auf ihre Rechte pochen, wie die Erwachsenen –

Der Mann dort mit der roten Zipfelmütze
geht damit ins Wasser. Die Kinder fangen
zu lachen an, aber es ist kein befreiendes
Lachen. Dem Mann ist das egal. Wir
müssen uns nicht um ihn kümmern. Er
ist gar nicht ins Wasser gegangen. Er hat
auch keine rote Zipfelmütze auf –

Die Geräusche kriegen einen anderen
Klang. Der Schlaf ist nicht mehr derselbe.
Man kriegt seine Augen nicht auf, wird
nicht jünger. Die Falten vermehren sich,
sagt die Frau. Was nachher kommt, weiß
kein Mensch. Bis jetzt ist noch keiner
zurückgekehrt –

. . .

Adelhard Winzer
33 Computer-
Zeichnungen

33 Computer-Zeichnungen
2019. 88 Seiten (Ohne Paginierung)
Paperback. ISBN 9783748108559
(Auch als E-Book erhältlich)

33 COMPUTER-ZEICHNUNGEN

Computer und Maschine, das lässt sich erlernen. Zerstöre nur das Programm, zwinge ihr deinen Willen auf, und siehe, der Zufall kommt dir zu Hilfe.

Dieser Band enthält eine Auswahl
meiner Computer-Zeichnungen.
Gebäude, Kirchen, aufgelassene
Vierkanthöfe, historische Plätze,
Burgen und Schlösser aus
Deutschland, Schweden, Ungarn,
Kroatien, Österreich und Italien,
gesehen aus einer fiktiven
Vogelperspektive oder (wenn
es der Realität entspricht)
als Widerspiegelung
in Flüssen und Seen.

· · ·

Adelhard Winzer
Der Pensionist

Der Pensionist
Geschichten. 2019. 156 Seiten
Paperback. ISBN 9783749455041
(Auch als E-Book erhältlich)

GEBET

Lieber Gott, ich fühle mich heute so
einsam. Ich will mit Dir sprechen. Wo
bist Du? Gehörst Du der Kirche, wie
alle behaupten? Nein, von Gut und Böse
wird da geredet, nicht von Gott. Als Kind
haben mich alle erschreckt mit ihrer Hölle.
Immerzu muss man dort bleiben, haben sie
gesagt, wenn man die Gebote nicht einhält
– bis in alle Ewigkeit! Der Gedanke hat
mich beinahe verrückt gemacht als Kind,
weil ich es verstehen wollte und doch nicht
verstand. O Gott, ich fühle mich heute so
einsam. Ich weiß nicht wohin. Die andern
tragen Dich vor sich her wie einen Schild,
schmücken ihre Bücher mit Bibelzitaten,
weil sie selber nichts sind. Mich beschul-
digen sie, weil ich nicht in die Kirche gehe.
Nein, sie beten die Hostie an, den Altar,
das Kruzifix, nicht Dich. Hast Du nicht
zu mir gesagt, schau hin, wo andere wegschauen? Sei genau, sieh, was richtig ist
und was nicht! O Gott, wo bist Du, ich
will mit Dir reden. Hörst Du mich nicht?

DIE KIRCHE

Vor der Kirche steht ein alter Mann mit
Hut. Vor welcher Kirche? Er betrachtet
ein junges Mädchen. Welches Mädchen?
Der Tag wäre wichtig. Ein Sonntag? Man
könnte eine Geschichte erfinden über den
alten Mann, der vor einer Kirche steht. Bist
du das? Nein, du gehst langsam an ihm
vorbei. Er hebt seinen Hut. Du grüßt ihn.
Aber er sagt nichts. Hat er keine Stimme?
Du gehst in die Kirche und kniest dich hin.
Du denkst: Wo ist der Mann mit dem Hut?

DER TRAUM

Gestern habe ich mich schlafen gelegt. Ich
drehte mein Gesicht an die Wand, hörte ein
Geräusch. Fieberhaft überlegte ich, ob ich
mit dem Gesicht zur Wand liege. Ein Griff
mit der Hand hätte mich befreit.

DAS VERSPRECHEN

Hier ist der Himmel sehr hoch. Hier möchte ich bleiben. Schon als Kind wurde ich belächelt. Alle sagten das Gegenteil von dem, was ich dachte. Ich wusste nichts vom Glück im Alter. Ich kannte kein Blau und kein Schwarz. Ich hab meine Kindheit zu schnell verlassen. Das Nachahmen, die Lehrzeit, das Erforschen. Man darf nicht stehen bleiben. Auch wenn es anders aussieht. Es führt kein Weg zurück.

DIE BIRKE

Bei schönem Wetter konnte ich vom
Schreibtisch aus die Berge sehen. Jetzt
versperrt mir ein kotzfarbener Wohnblock
den Blick. Auf dem Grundstück gegenüber
steht eine Trauerweide. Sie erinnert mich
an Wasser, aber kein Bach weit und breit.
Der Wohnblock hat etwas Fremdes an sich.
Ich denke an die Trauerweide und sehe
eine Birkenallee. Tatsächlich steht im
Hinterhof eine Birke. Die kommt erst jetzt
zur Geltung. Wahrscheinlich war das mein
erster Gedanke beim Öffnen der Fenster.
Schnee ist gefallen über Nacht. Es ist kalt.
Der Aufzug fährt. Es ist fünf nach sieben.
Rauch steigt aus den Kaminen gegenüber.
Der Tag beginnt.

NEU

Alle fünfzig Jahre wird die Welt neu er-
funden. Die gleichen Gesichter, die gleiche
Kleidung. Dasselbe gibt es nicht. Die großen Sprüche. Die Wegschaumentalität. Ich
möchte ein ganzer Kerl sein, sagt der Junge
zum Vater. Die Städteplaner halten die
Flüsse auf. Deswegen geht die Welt nicht
unter. Wirst du den Tod akzeptieren, wenn
er kommt? Schreien nach dem ungelebten
Leben?

DER PLATZ

Alles geht von dir aus. Du bist, was du siehst. Du erzeugst deine Gefühle. Hass und Neid. Angst, die nicht verschwindet. Wenn alles an seinem Platz ist, kann nichts passieren. Dann funktioniert es. Bist du am richtigen Platz?

. . .

Adelhard Winzer
Krethi und Plethi
Das Korkenspiel

Adelhard Winzer
KRETHI UND PLETHI
DAS KORKENSPIEL
Zwei Stücke

Krethi und Plethi / Das Korkenspiel
Zwei Stücke. 2019. 124 Seiten
Paperback. ISBN 9783750414716
(Auch als E-Book erhältlich)
Aufführungsrechte: CANTUS
Theaterverlag, Eschach

KRETHI UND PLETHI
Dramolett

*Ein Stück, das die Sprache zum
Mittelpunkt hat. Befangenheit und
Vorurteile der Menschen. Layla
(schwarzhaarig) und Sabrina (blond),
einheitlich gekleidet, sitzen Rücken an
Rücken auf einer Bank, reden über eine
fremde Person, stehen auf, gehen im Kreis,
deuten mit den Händen, vermeiden es, sich
dabei anzuschauen. Ort des Geschehens:
Ein Kirchenplatz. Bühnenlicht, das,
während sie sprechen, allmählich
schwächer wird und den Schatten des
Kirchturms näher bringt. Bewegungen und
Gesten sollen nicht übertrieben wirken.
Freier Redefluss. Dazwischen kurze
und längere Pausen. Keine strenge
Regieanweisung, die Inszenierung liegt
in der Hand des Regisseurs. Layla und
Sabrina telefonieren in den Pausen:
nehmen Anrufe entgegen, die sie mit Ja
oder Nein oder Sowieso beantworten, oder
sie schreiben Kurznachrichten auf ihren
Handys, murmeln Unverständliches
dabei, schminken sich oder blättern in
Illustrierten, gähnen, schauen neugierig
um sich, manchmal auch verängstigt.
Beide treten sehr selbstsicher auf –
aber nicht überheblich.*

LAYLA Hat sie Ja gesagt oder Nein, woher kommt sie, wie heißt sie, was tut sie, womit verdient sie ihr Geld, warum redet sie nicht mit uns?

SABRINA Keiner kennt sie, das weiß ich, sonst nichts.

LAYLA Ist sie verheiratet, hat sie Kinder, wie viele, lebt sie allein, ist sie geschieden, ist sie reich, ist sie arm, hat sie ein Auto?

SABRINA Ist das wichtig?

LAYLA Der Ort ist klein, da ist man schnell durch, zu Fuß kriegt man mehr mit.

SABRINA Und wenn man nur so tut, als sei man auf der Durchreise, als interessiere einen gar nicht, was hier passiert?

LAYLA Man muss nicht alles gesehen haben, kann immer so tun als ob oder auch nicht.

SABRINA Sie geht hin und her.

LAYLA Weil sie nichts weiß, die Straßen nicht kennt, die Kirche, die Schule.

SABRINA Hat sie was zu verheimlichen?

LAYLA Wer hat nichts zu verheimlichen?

SABRINA Ich weiß es nicht.

LAYLA Sie lässt mir keine Ruhe.

Pause.

LAYLA Schon denke ich wieder an sie.

SABRINA Ich auch.

LAYLA Was geht vor in ihr?

SABRINA Keine Ahnung.

LAYLA Ihre Ruhe beunruhigt mich.

SABRINA Manche verdächtigen sie, andere gehen einfach an ihr vorbei.

LAYLA Man kann ja nicht in die Köpfe der Menschen hineinschauen.

SABRINA Weil sie alle zu sind.

LAYLA Ich glaube, die Aufregung ist umsonst, ein paar Wochen und wir haben sie vergessen.

SABRINA Verdrängen und Wegschauen, ist das der Sinn des Lebens?

Längere Pause.

LAYLA An wen erinnert sie mich?

SABRINA An eine Filmschauspielerin.

LAYLA Mir ist das Wetter lieber, da weiß ich dann, dass ich nichts machen kann, aber mit so einer müsste ich streiten.

SABRINA Ich will nichts mit ihr zu tun haben.

LAYLA Ich auch nicht.

SABRINA Das wäre ein Fressen für die Journalisten aus dem Schmierblatt, die würden sich schamlos an sie ranmachen.

LAYLA Der erste Moment wäre entscheidend, die Bewegungen der Hände, die Neigung ihres Kopfes beim Beantworten einer Frage. Verdreht sie die Augen, zuckt sie zusammen, tut sie so, als hätte keiner was gesagt?

SABRINA Sie spricht mit niemandem.

LAYLA Sie soll endlich sagen, was sie will.

SABRINA Wie eine russische Matrjoschka.

LAYLA Matrjoschka?

SABRINA Holzpuppen, in denen sich weitere Puppen befinden, die immer kleiner werden.

LAYLA Hast du es mit den Russen?

SABRINA Nein, aber ich habe einen Bekannten, der schwärmt immer noch von einer zweihundert Quadratmeter großen Wohnung in Berlin, Eigentümer beim Schwimmen gestorben, achtzig Jahre alt, war immer unterwegs, hat genügend Geld gehabt, trotzdem die Wohnung verkommen lassen, eigenartiger Typ, aber gescheit, Ausstellungskataloge, sündteuer, signierte Bücher, unbezahlbar, hat er jedenfalls gesagt, und Jugendstillampen, Flügel, Sessel aus dem neunzehnten Jahrhundert.

LAYLA Hast du die Wohnung gesehen?

SABRINA Ich nicht, aber er erzählt mir dauernd davon, zweihundert Quadratmeter zum Spottpreis, Teppiche, alte Fotos an den Wänden, Bruder im Krieg gefallen, die Russen haben eine riesengroße Truhe aufgebrochen, mit Bajonetten ihre Namen reingeschnitzt!

LAYLA Was?

SABRINA Die haben die Truhe einfach an die Wand geschoben, seit siebzig Jahren steht die da.

LAYLA Und von dem hast du die Matrjoschka bekommen?

SABRINA Ja. Es ist schon bedrückend, wenn man sieht, was von einem Menschen übrig bleibt, nur noch Briefe, Bilder, Schmuck und Bücher, hat er jedenfalls gesagt.

LAYLA Bei uns denkt jeder nur noch an sich selbst.

SABRINA Merkwürdig, wenn einer nicht mehr da ist, kommen gleich fremde Leute und räumen die Wohnung aus.

Kirchenglocken beginnen zu läuten.

LAYLA Schau, da kommt sie wieder.

SABRINA Ja.

LAYLA Sie geht direkt auf uns zu.

SABRINA Nein, sie bleibt stehen.

LAYLA Hat sie keine Freunde?

SABRINA Echte Freunde gibt es nicht.

LAYLA Das stimmt.

SABRINA Man muss weit gehen, bis man einen gefunden hat.

Längere Pause.

LAYLA Kennst du den Mann da drüben?

SABRINA Nein.

LAYLA Ein Schlappschwanz.

SABRINA Tatsächlich?

LAYLA Ich, als Mann, würde alles können. Ich könnte kochen wie der Teufel, Autos reparieren, Wände streichen, meine Frau verwöhnen, Rasenmähen sowieso – aber der da.

Pause.

LAYLA Ich, als Mann, hätte alles im Griff.

SABRINA Sie hat bestimmt keinen Mann.

LAYLA Vergiss sie.

Längere Pause.

SABRINA Sieht man ihr alles an, hat sie peinliche Erinnerungen, könnte man ihr etwas anhängen?

LAYLA Haltung bewahren, ist das Erste, was einem einfällt, wenn man sie sieht.

SABRINA Nicht darüber reden, wäre am besten.

LAYLA Und niemand weiß mehr, was geschehen ist.

SABRINA Wir sollten uns auf das Wichtige konzentrieren.

LAYLA Ja, aber woher kommen die Gedanken?

SABRINA Das weiß ich auch nicht.

LAYLA Die Gedanken laufen mir davon.

SABRINA Wer nichts tut, wird nicht verdächtigt.

LAYLA Wohin geht sie jetzt, nach links oder nach rechts?

SABRINA Erst nach rechts, dann nach links.

LAYLA Ist dir aufgefallen, dass sie immer eine Sonnenbrille trägt?

SABRINA So kommen wir nicht weiter.

LAYLA Sie hat etwas Verfängliches an sich.

Längere Pause.

LAYLA Da ist sie wieder.

SABRINA Wo?

LAYLA Vor der Kirche, sie blickt genau zu uns herüber.

SABRINA Soll ich mich verstecken?

LAYLA Vielleicht wartet jemand auf sie.

SABRINA Auf wen?

LAYLA Sie spielt mit uns.

Pause.

LAYLA Kümmere dich nicht um andere, hat mein Vater immer gesagt.

SABRINA Jetzt ist sie verschwunden.

LAYLA So viel Zeit möchte ich auch mal haben.

SABRINA Ist es vielleicht so eine, die man nicht mehr loskriegt?

LAYLA Wenn ich das wüsste.

SABRINA Bei der komme ich auf alle möglichen Gedanken.

LAYLA Ich habe sie noch nie lachen gesehen.

Länger Pause.

SABRINA Was interessiert sie, für wen würde sie ihre Hand ins Feuer legen?

. . .

DAS KORKENSPIEL
Drama

*Alf und Bianca haben ihre Stadtwohnung
aufgegeben und versuchen in einem
abgelegenen Bauernhof auf dem Land
sesshaft zu werden. Eines Tages bekommen
sie Besuch von Gitte und Ernst, einem
befreundeten Paar aus der Stadt. Sie
machen es sich bei Kaffee, Kuchen und
Wein im Garten bequem, erzählen von
ihren Reisen nach Asien, Österreich,
Italien, Mexiko und New York. Während
Alf und Bianca sich gegenseitig die
Beweggründe ihres Neuanfangs zu
erklären versuchen, schwärmen Ernst
und Gitte von der ländlichen Umgebung.
Dabei stellt sich heraus, dass Alf und
Bianca von ihrem neuen Nachbarn
dominiert werden, die angebliche Idylle
nur täuscht, alle vier sich im Grunde
nichts zu sagen haben. Ein harmlos
erscheinender Nachmittag auf dem
Bauernhof, bei dem es am Abend
zur Katastrophe kommt.*

ERNST *richtet sich im Stuhl auf* Wir machen demnächst eine größere Tour.

ALF Ach ja. Und wohin geht's?

GITTE Mein Traum wäre Rom.

ALF Wow!

GITTE Vorerst machen wir aber nur Venedig–Triest.

ERNST Ich weiß nicht, kennt Ihr Zlatni?

ALF Ehemaliges Jugoslawien, oder Kroatien?

ERNST Nein, Istrien.

ALF Istrien?

ERNST Da geht es bis Porec. *Spricht das C wie einen Zischlaut aus.*

ALF *übernimmt die Aussprache* Porec, nein, da kenne ich mich nicht aus. In Porec war ich noch nie!

ERNST An die dreihundertfünfzig Kilometer, immer am Mittelmeer entlang.

ALF *verunsichert* Mittelmeer?

ERNST Ja, Venedig.

ALF Venedig?

ERNST Caorle, Bibione, all die Badestrände der Deutschen!

ALF Aber das ist doch Adria?

ERNST Nein, Mittelmeer.

ALF Adria.

ERNST Auch.

ALF *fängt sich wieder* Adria, Teil vom Mittelmeer. Da ist aber der Stiefel dazwischen. Links Mittelmeer, rechts Adria!

ERNST Nein, Riviera.

ALF Ligurisches Meer!

ERNST *grinst* Also gut, links Riviera, rechts Adria.

Kurze Pause.

BIANCA Wenn ich Euch so höre, fällt mir die Kleine von meiner Nichte ein.

ALF Wieso?

BIANCA Die weiß auch alles besser!

ERNST *schmunzelnd* Ach, wie alt ist sie denn?

BIANCA Zehn.

ERNST Für die Pubertät aber noch etwas jung, oder?

ALF Die ist ihrer Zeit längst voraus!

ERNST Mädchen waren immer schon weiter als Buben, aber heutzutage, bei der Evolution! Häufig hängt bei denen ja die körperliche Entwicklung hinter der geistigen zurück.

ALF Du meinst wohl das Gegenteil.

ERNST Aaah, natürlich!

BIANCA *vielsagend* Ich könnte Euch da Geschichten erzählen.

ALF Erzähle sie lieber nicht.

ERNST Und warum nicht?

BIANCA Die Kleine hat schon einen Freund.

ALF Sagt aber zu Hause nichts.

ERNST Ach!

BIANCA *beschwichtigend* Mir erzählt sie alles.

ALF Zu dir hat sie auch mehr Kontakt, trotzdem könntest du etwas strenger sein.

BIANCA Ich zeige ihr schon meine Grenzen!

ALF *blickt kopfnickend in die Runde*
Bianca kocht für sie und fragt: Was willst
Du denn heute essen, Hähnchen, Fisch,
oder Schnitzel? Das ist dann für mich
immer der Punkt, wo ich denke, würde ich
jetzt auch noch was sagen, wäre der Teufel
los.

Bianca gibt Alf einen leichten Schups.

ALF Früher hatten wir mehr Zeit, heute
brauchen wir einen Stundenplan.

ERNST Früher war alles anders.

BIANCA *zustimmend* Genau!

ALF Und heute sind wir alt.

ERNST Sag das nicht, ich fühle mich
immer noch fit.

GITTE Ich auch.

ALF Genau, am Klicken der Fahrräder
hab ich bereits gemerkt, wer da kommt –
die Mountainbiker!

ERNST Und dass es heute wieder etwas
später werden könnte?!

ALF Ich bin zwar kein Freund von
Überraschungen, aber bei Euch ist das
immer etwas Anderes.

ERNST *verspielt* Dann kriegen wir also
doch noch einen Schluck Weißwein?

ALF Klar! *Verschwindet lächelnd im Gartenhäuschen.*

ERNST *scherzhaft* Einmal verzeihe ich ihm noch!

Alf kehrt mit zwei Gläsern und einer Flasche Weißwein zurück, schenkt ein.

ERNST *verdutzt* Und was ist mit Euch?

ALF Wir haben beim Essen bereits eine Flasche gekippt.

ERNST *gespielt enttäuscht* Na dann!

Alf verschwindet mit der Weinflasche im Gartenhäuschen. Gitte und Ernst prosten sich zu.

ERNST Aah, schön kühl!

GITTE Wunderbar.

Alf kehrt wieder zurück.

ERNST *an Alf gewandt* Sag bloß, du trinkst heimlich?

ALF Was, ich und heimlich!

ERNST Wo ist dann der Wein?

ALF Im Kühlschrank, dass er nicht warm wird.

ERNST Was, warm – bei uns wird nichts warm!

Erneutes Gelächter.

ALF *neigt seinen Kopf* Ich glaube, wir
sollten den Sonnenschirm aufspannen.
Oder setzen wir uns ins Gartenhäuschen?

BIANCA Wie du meinst.

ALF *steht auf* Rücken wir einfach den
Tisch zur Seite!

*Ernst und Gitte heben mit Alf den Tisch
hoch, während Bianca ins Gartenhäuschen
geht.*

ALF *leitend* Mehr nach hinten. Stopp,
nicht so weit! Seht Ihr das Loch im Rasen,
da muss der Sonnenschirm rein.

ERNST Ja, ich hab's gesehen!

*Bianca kommt mit einem großen
Sonnenschirm zurück, steckt ihn in das
Loch, spannt ihn umständlich auf. Alf
und Ernst schieben den Tisch hin und
her, bis er im Schatten steht.*

BIANCA *leicht erschöpft* Passt, oder?

ERNST Bestens!

*Alf, Bianca, Gitte und Ernst rücken ihre
Stühle zurecht, und setzen sich wieder.
An Gittes Platz kommt noch etwas Sonne,
aber sie beschwert sich nicht.*

BIANCA *an Alf gewandt* Ein Glas Mineralwasser wäre jetzt nicht schlecht.

Alf steht auf, geht ins Gartenhäuschen, kehrt mit zwei Gläsern und einer Flasche Wasser zurück, schenkt erst Bianca ein, dann sich selbst.

ERNST Und, schmeckt das?

ALF Mineralwasser aus Italien!

ERNST Was?

ALF *gespielt unterwürfig* Für Bianca.

BIANCA *hebt ihr Glas* Auf unser Gartenhäuschen!

Gitte und Ernst prosten Bianca zu. Auch Alf nimmt sein Glas, blickt kurz in die Runde, steht auf und geht zum Sonnenschirm, neigt ihn etwas zur Seite, so dass Gitte mehr Schatten bekommt.

GITTE Danke, sehr aufmerksam!

BIANCA Aah, unser Gentleman.

Alf geht nicht darauf ein, verschwindet im Gartenhäuschen, kehrt mit einem Teller voll Nüssen zurück, stellt ihn auf den Tisch und nimmt wieder Platz.

ERNST *an Alf gewandt* Erdnüsse, gute Idee!

ALF Das freut mich aber, dass du die magst.

ERNST *öffnet eine Nuss, wirft die leere Hülse in den Teller zurück* Darf ich doch, oder?

ALF Natürlich, du immer!

ERNST *betrachtet die Flaschen und halbgefüllten Gläser* Fast wie am Neusiedler See.

ALF Was, Neusiedler See, Burgenland?

GITTE Ja, da waren wir letztes Wochenende.

ALF *gespielt vorwurfsvoll* Und das sagt Ihr uns erst jetzt?!

ERNST Da war zufällig ein Weinfest.

GITTE *schmunzelnd* Da haben wir jede Menge Weine probiert!

ERNST Weißwein, Rotwein, alles, was das Herz begehrt.

Kurze Pause.

ERNST Das Fest ist für die Winzer aber immer ein Draufzahler.

ALF Draufzahler?

ERNST Drei Tage lang Weinverköstigung, das wird teuer!

ALF Warum machen sie es dann?

Bianca steht auf und geht ins Gartenhäuschen.

ERNST Es ist mehr so ein Mittel zum Zweck. Man zahlt zwanzig Euro Eintritt, bekommt einen Korken um den Hals gehängt, und kann dafür drei Tage lang Weine aus der Umgebung probieren.

Kurze Pause.

ALF Was trinkt man denn da so am Tag?

ERNST Keine Ahnung, wie viel du trinkst.

ALF Zwei Liter vielleicht, maximal.

ERNST *fängt zu lachen an* Mein lieber Alf, da kommt einiges zusammen, drei Tage lang, mehr als dreißig Winzer, und wir haben nicht mal die Hälfte geschafft!

Bianca kommt mit einem Korb Holzscheite aus dem Gartenhäuschen, schlichtet sie in gebührendem Abstand links vom Tisch zu einer Pyramide auf.

ERNST *Bianca hinterherblickend* Auf dem Fest gibt es Weine aus der ganzen Region. Da probierst du einen Roten, einen Rosé, einen Weißen, du fühlst dich wie im Paradies. *Grinsend.* Da probierst du und probierst du!

ALF Und das ist der Draufzahler?

ERNST Jeder Winzer kriegt von den zwanzig Euro einen Anteil. Ich weiß nicht, geht es nach Hektar oder Anbaugebiet, jedenfalls zahlen die alle drauf.

ALF Am Ende des Jahres sagen die bestimmt nicht, was sie eingenommen haben.

ERNST Da sind eine Masse Menschen unterwegs, die nicht nur billige Weine probieren!

ALF Sagte ich doch, drei Tage Draufzahler, und am Ende ein Riesengewinn.

ERNST Glaub mir, das Fest ist ein Draufzahler!

BIANCA *aus dem Hintergrund* Fangt bitte nicht zu streiten an.

Kurze Pause.

ALF So ein Fest würde mir besser gefallen als Rügen.

ERNST Wieso Rügen?

ALF Bianca macht demnächst eine Schifferlfahrt.

BIANCA *kehrt an ihren Platz zurück* Eine Kreuzfahrt ist das! Rund um die Insel Rügen!

ALF Mit Kalksteinfelsenbesichtigung?

BIANCA Stimmt, und die letzte Station ist Strahlsund! Von dort aus fahren wir mit dem Zug wieder nach Hause.

ALF Willst du nicht sagen, warum du das machst?

BIANCA Ganz einfach, weil mich die Städte im Norden interessieren.

ALF Nicht weil du es im Fernsehen gesehen hast?

BIANCA *gereizt* Natürlich hab ich es im Fernsehen gesehen, aber das sind Städte und Orte, die mich wirklich interessieren. Städte mit alten Backsteinbauten! Acht Tage lang schauen wir uns das an, ich und meine Freundin.

ERNST *an Alf gewandt* Und du?

ALF Auf einem Schiff eingesperrt sein, mit Tausend anderen Touristen? Nein, da mache ich lieber eine Fahrradtour.

BIANCA Kannst ruhig neben uns herfahren, wenn du willst, ich jedenfalls muss wieder mal was anderes machen, nicht nur Radfahren und Bauernhof-renovieren!

Kurze Pause.

ERNST Wann soll's denn losgehen?

BIANCA Nächsten Monat.

ERNST *hebt sein Glas* Also dann, auf Rügen!

BIANCA Ja! Danke!

Ernst und Gitte prosten Bianca zu.

ALF *für sich allein* Auf die Kalksteinfelsen!

Kurze Pause.

ERNST *an Alf gewandt* Was machst du denn in der Zeit, wenn Bianca weg ist, bist du da in München, oder?

ALF Nein, inzwischen ist es so, dass ich fast keine Freunde mehr habe, weil ich so ein Karriereschwein war, früher, da wollte keiner mehr was mit mir zu tun haben, die hatten alle Angst vor mir, alle, außer ein paar Eingefleischte.

Kurze Pause.

ALF *schmunzelnd* Ihr natürlich ausgenommen!

ERNST Das will ich aber hoffen.

Kurze Pause.

ALF Einen guten Bekannten hab ich noch, wenn der Zeit hat, geht's meistens bei mir nicht, und wenn ich Zeit habe, geht's nicht bei ihm. Der hat drei Töchter, alle sehr gescheit, eine lebt in Wien, und die andere in Innsbruck, die dritte in Hamburg, die ist Ärztin, hat in Paris studiert, ihren Abschluss gleich auf Französisch gemacht.

Kurze Pause.

ALF Hin und wieder besuche ich auch den Inhaber vom Feinschmeckerladen, bei dem ich mir oft einen Happen geholt habe, weil der seinen Laden gleich um die Ecke hatte, oder ich ließ mir von ihm gleich ein Menü ins Büro bringen. *Kurze Pause.* Ich glaube, der ist drei Jahre älter als ich, aber immer noch gut beieinander, war früher ein richtiger Rumtreiber, aber sympathisch, erzählt mir manchmal Geschichten aus seiner Vergangenheit, hat jedes Jahr seine Schwester in Amerika besucht, fliegt jetzt aber nicht mehr so oft rüber, glaube ich, weil er Geldsorgen hat, trotzdem, ein angenehmer Zeitgenosse!

Ernst beobachtet Gitte und Bianca, die etwas gelangweilt am Tisch sitzen.

ALF So ratschen wir halt manchmal ein bisschen, wenn er gerade keine Kundschaft hat, und ich gehe dann wieder durch die Straßen von München. Oder ich besuche gleich daneben den Buchhändler, der aber nicht mehr sonderlich interessiert ist an mir.

Kurze Pause.

ERNST Wir waren an Ostern in London, dagegen ist München ein kleines Dorf.

ALF Schon möglich, aber ich liebe dieses Dorf!

Kurze Pause.

ALF Ich war vorletztes Jahr in Berlin, das ist echt kalt.

ERNST Berlin, natürlich, das hat sich verändert.

ALF Weitläufig, und ohne Wärme, ein richtiges Kaff ist das im Vergleich zu München!

Kurze Pause.

ALF Ich weiß gar nicht, was alle mit Berlin haben?

ERNST London, das ist die Stadt!

ALF Ich habe herausgefunden, wenn man in einer Stadt leben will, mit Flair und Atmosphäre, wäre München die Stadt schlechthin. Ich weiß jedenfalls diese Stadt jetzt viel mehr zu schätzen als früher.

ERNST Weil du nicht mehr dort bist.

ALF Genau.

Kurze Pause.

ALF Groß, aber nicht zu groß. Nicht zu klein, trotzdem kuschelig. Umweltkatastrophen, Überschwemmungen, Erdbeben, das alles gibt es in München nicht.

Kurze Pause.

ALF Allein New York hat mich mehr fasziniert als München.

ERNST Das kann ich jetzt fast nicht glauben.

ALF Manhattan, das war der Hammer!

ERNST Klar, Hauptstadt der Welt.

ALF Wahnsinn!

Kurze Pause.

ERNST Wie lange wart Ihr denn dort?

ALF Eine Woche, davon haben wir aber zwei Jahre lang gezehrt.

Kurze Pause.

ALF Ob mich die Stadt heute noch so faszinieren würde, ich weiß nicht.

ERNST Von New York geht immer eine Faszination aus. Das ist einfach eine irre Stadt!

ALF Du hast recht, ich bin viel herumgegangen, und es war immer ein

Erlebnis, Herbst, und Indian Summer, kennst du ja, da gab es eine Busfahrt nach Washington, Pennsylvania, das haben wir aber nicht gemacht.

Kurze Pause.

ALF Wir sind immer sehr früh aufgestanden, haben gleich in einem Coffee-Shop gefrühstückt. Das hat mich fasziniert, dass da ein Kellner kommt und nachgießt: Do you want more Coffee? Spiegeleier, Speck, Orangensaft und Marmelade, Brötchen. Und gleich noch einmal: Once more Coffee?

Bianca und Gitte rücken näher zu Alf und Ernst heran.

ERNST Wann wart Ihr denn in New York?

ALF Ich glaube, zehn Jahre ist das jetzt her.

Kurze Pause.

BIANCA Ja, das hat sich mehr oder weniger zufällig ergeben! Wir wollten zuerst nach Florida, aber die Reise war schon ausgebucht, so hat uns das Reisebüro New York angeboten.

ALF Ich hab es bis heute nicht bereut. Obwohl wir so viel Negatives gehört haben. Mord und Totschlag, und die ganze Kriminalität. Um Gottes Willen, New York, sollen wir uns das antun? Aber es war eine Reise mit Führer, Stadtrundfahrt, Schifferlfahrt auf dem Hudson River, und am letzten Tag gab es auch noch einen Hubschrauber-Rundflug.

BIANCA *schmunzelnd* Ich hab so viel Angst gehabt, und dabei drei Filme verschossen, rein in den Hubschrauber, und vor lauter Nervosität nur noch fotografiert.

ALF *an Bianca gewandt* Tolle Aufnahmen sind das geworden, ja, und als wir ausgestiegen sind, hast du gesagt: Wo sind wir denn jetzt gelandet, wo waren wir denn? Direkt über Manhattan, hab ich gesagt, Nationalpark, Times Square!

Kurze Pause.

ERNST Du meinst Central Park?

ALF Natürlich!

Kurze Pause.

ALF Bianca hat Superaufnahmen gemacht.

BIANCA *abwertend* Lauter Zufallstreffer.

ALF Nein, ganz große Klasse!

. . .

Adelhard Winzer
Italienische Skizzen

Italienische Skizzen
Prosa. 2020. 136 Seiten
Paperback. ISBN 9783750403208
(Auch als E-Book erhältlich)

ITALIENISCHE
SKIZZEN
Prosa

„Adelhard Winzers Skizzen benötigen
nur wenige Sätze und Zeilen, um eine
besondere Atmosphäre einzufangen,
über ein Empfinden Auskunft zu geben,
ein Erlebnis zu schildern oder einer
früheren Kränkung nachzuspüren.
Die Reflexionen aus einem an
Erfahrungen überreichen Leben
schwingen zwischen den Themen
Sprachlosigkeit und Geschwätzigkeit,
Einsamkeit und Geselligkeit, Zweifel
und Gewissheit. Zudem erweist
sich Winzer als genauer Beobachter
menschlicher Schwächen, der eigenen
genauso wie denen der anderen.
Über allem weht ein Hauch von
Melancholie, vermischt mit
italienischer Leichtigkeit.“
Isa Schikorsky

Er war angekommen. Das Haus stand in einer Senke. Gespräche im Garten, die er nicht verstanden hatte, erinnerten ihn an eine Zeit, als die Arbeit noch Arbeit war. Heute heißt es Digitalisierung. Was auf der Straße geschieht, sieht man erst, wenn man unterwegs ist. Die Hunde in der Hütte wissen nichts davon.

Kaum war er eingeschlafen, wurde er von Stimmen geweckt. Er stand auf und öffnete die Tür. Doch es war niemand zu sehen. Nur ein schmatzendes Geräusch (ähnlich dem Mischen von Spielkarten) war zu hören. Mehrmaliges Klopfen auf den Tisch. Er hatte sich nicht getäuscht, zwei Männer, getrennt durch einen provisorischen Sichtschutz, saßen auf der gegenüberliegenden Seite der Terrasse und spielten Karten. Er grüßte sie, und sie grüßten zurück.

Er setzte sich an den Tisch, der neben dem Eingang stand. Zwei Hunde kamen auf ihn zu. Er streichelte sie, wischte sich die Hände am Tischtuch ab. Große Vögel flogen über den Hof und verschwanden in den Sträuchern. Unter ihnen ein Wiedehopf. Sein Lockruf klang wie das Klappern von Pferdehufen auf Pflastersteinen.

Die Hunde streckten ihre Köpfe. Eine Taube flog über das Dach des Neben-gebäudes.

Der Knall eines Überschallflugzeugs erschreckte ihn. Die Vögel in den

Sträuchern begannen zu schreien. Der
Wind fuhr unter das Tischtuch und ließ
es wieder fallen. Weiter oben im Ort
fingen die Kirchenglocken zu läuten an.
Eine Ameise kroch über seinen Fuß. Er
betrachtete die Sträucher am Gartenzaun,
wusste aber nicht, wie sie heißen.

Er durfte jetzt nicht aufhören zu schreiben,
auch wenn ihn der Hausherr nach seinen
Documenti fragte. Er hatte den Ausweis
neben sich auf den Tisch gelegt. Er wusste,
dass er ihn herzeigen musste. Er hörte erst
zu schreiben auf, als der Hausherr vor ihm
stand.

Die Hunde knurrten im Hof, fingen zu
bellen an. Ein Hund aus der Umgebung
gesellte sich zu ihnen. Der Hausherr
hob seinen Arm und rief: Furia! Die
Hunde im Hof spreizten ihre Vorder-
beine. Im Garten fing ein Gockel zu
krähen an.

Er will morgen um sieben Uhr los-
marschieren, wenn sich der Wind
noch in den Bäumen aufhält. Kurz vor
Mittag in der Hotelbar vorbeischauen.
Doch er weiß nicht, was er morgen
wirklich machen wird.

Lautloses Wetterleuchten am Horizont,
während ein Wagen den Berg herunter-
raste, eine Fehlzündung nach der andern.

Er sucht seine kurze Hose, findet sie nicht.
Und die Tasche mit dem Wecker? Der
Wohnungsschlüssel?

Er kennt ein paar Leute hier im Ort, die ihn verstehen, obwohl er nicht ihre Sprache spricht. Er denkt an sie, während er den Aussichtsturm emporsteigt, um den Sonnenuntergang zu betrachten.

Auf dem Übersetzungsgerät des Hausherrn erscheint das gesprochene Wort. Aber er weiß nicht, ob es stimmt. Während das Telefon läutet, kommt ein Postauto die Senke herunter. Die Hunde knurren, fangen zu bellen an. Er will ihnen aus dem Weg gehen und wird beinahe überfahren.

Die Badegäste liegen gelangweilt am Strand. Wind kommt auf. Am Horizont schwarze Wolken. Möwen ordnen sich auf den Wellenbrechern. Ein Mann allein an der Strandbar.

Er fällt in ein Loch, aus dem er nicht mehr herauskommt. Er weiß nicht warum. Ist es nicht schön hier? Der Strand? Und das Meer? Gefällt es ihm nicht?

Er sucht das Wort Postkarten im Wörterbuch und denkt an Ansichts- karten. Die Hunde laufen auf ihn zu. Er verscheucht sie. Er will die Sprache beherrschen, sich nicht rumschlagen mit dem Wörterbuch!

War das Lächeln des Mädchens an der Rezeption nicht ehrlich? Hat sie ihn nicht freundlich begrüßt?

Er wollte ein Weinglas, kein Wasserglas. Ein Bierglas, keinen Zahnputzbecher. Er

versuchte Witze zu machen, doch es ge-
lang ihm nicht. Er hatte sich zu Hause einen Sprachkurs bestellt, kam aber nicht
zurecht damit.

Der Mann an der Tankstelle sagte: Das
Leben ist kein Spaziergang. Es gibt
Menschen, die leben von der Fürsorge,
vom Sozialamt. Manche bloß von der
Hand in den Mund. Und Sie beschweren
sich?

Eine Frau saß neben ihm am Strand. Er
beobachtete sie aus dem Augenwinkel.
Beobachte nur weiter, dass du was lernst!
Der Wind hat ihr das Badetuch weggeweht.
Willst du es ihr nicht holen?

Er hat einen Anruf erhalten, ist aber nicht
aufgestanden. Was hinderte ihn daran?
Chronische Rückenschmerzen, die daher
kommen, weil er nicht weiß, wie er sich
verhalten soll?

Die Menschen verstellen sich, wollen
anders sein als sie sind. Dazwischen
das Leben, das man bewältigen
muss.

Eine Frau sagte im Vorübergehen, sie
würde jeden Tag mit ihrem verstorbenen
Mann sprechen, müsste deswegen aber
nicht zum Friedhof gehen. Ihr Mann sei
einverstanden. Nur ihre Freundinnen
würden das nicht verstehen.

Er hatte sie schon einmal gesehen, aber
wo? Im Supermarkt? Auf der Straße? Im

Hotel? Den ganzen Nachmittag überlegte er, wo er die Frau schon einmal gesehen hatte.

Man sieht es Ihnen an. Man merkt es! Was merkt man? Dass Sie nicht von hier sind. Warum sind Sie gekommen? Was wollen Sie?

Der eine schafft es, dem andern fällt es schwer. Aus der Ferne betrachtet sieht alles einfach aus.

Er fühlt sich nicht einsam. Nur manchmal glaubt er, den Kontakt zu den Menschen verloren zu haben. Je mehr er sich entfernt von ihnen, umso näher kommen sie.

Ein Mann lief nackt über den Strand und sprang ins Meer. Es sah aus, als hätte er gar nicht gemerkt, dass er nackt war. Die Sonnenschirme bogen sich im Wind. Liegestühle standen aufgereiht neben einem Boot. Hinter der Straße fuhr ein Zug vorbei. Der nackte Mann war verschwunden.

. . .

Adelhard Winzer
Die kürzeste Liebes-
geschichte der Welt

Die kürzeste Liebesgeschichte der Welt
Gedichte. 2020. 124 Seiten. Paperback
ISBN 9783750437289
(Auch als E-Book erhältlich)

DIE KÜRZESTE
LIEBESGESCHICHTE
DER WELT
Gedichte

„Die kürzeste Liebesgeschichte
der Welt" erzählt von knappen
Augenblicken des Liebesglücks,
vor allem aber von verpassten
Gelegenheiten, Missverständnissen,
Kränkungen und Vorurteilen,
die das scheue Gefühl schnell
wieder vertreiben. Die Liebe –
ersehnt, erträumt, erhofft –
und doch zu flüchtig,
um sie für immer
festzuhalten!

Zuerst
wollte nur er
aber sie nicht
dann wollte sie
aber er nicht
worauf auch sie
nicht mehr
wollte

DER VERLIEBTE
Ein Mann
der ins Bad geht
sich die Hände
wäscht das Gesicht
die Zähne putzt
in den Spiegel schaut
dann erst mit ihr
telefoniert

GELIEBTE IN DER FERNE
Der Mann auf dem Bahnsteig
weiß es noch nicht
sein Zug hat Verspätung

GLAUBE
Sie hat ihn gegoogelt
jetzt glaubt sie alles
über ihn zu wissen

ALLEIN
Bis spät in die Nacht
hinein saß ich bei mir
allein wie andere
am Stammtisch

DER VERLIEBTE
Treffen wir uns
berühren wir uns
gehen wir spazieren
schauen wir uns
in die Augen
küssen wir uns
lassen wir einfach
geschehen was
dann so geschieht

. . .

Adelhard Winzer
Die Kunst des
Drachentötens

Die Kunst des Drachentötens
Capriccios. 2020. 148 Seiten
Paperback. ISBN 9783751937122
(Auch als E-Book erhältlich)

DIE KUNST
DES DRACHENTÖTENS
Capriccios

„ Die Kunst des Drachentötens"
handelt von Stimmen in der
Nacht, von Phantasien und
Traumsequenzen, teilweise
surreal anmutend,
mystisch, absurd. Assoziative,
vielsinnige Gedankenketten,
die in eigenwilligem Rhythmus
auf hintergründige, kaum
greifbare Weise die
Ungewissheiten,
Unwägbarkeiten und
Fragen umkreisen,
vor die das Leben uns
täglich stellt.

DAS KIND

Auf dem Weg zur Bäckerei hat mir heute ein kleines Mädchen zugelächelt. Unbekümmert und frei. Ist stehengeblieben, hat sich noch einmal umgedreht und mir freudig zugewinkt. Bis es hinter der Kreuzung verschwunden ist.

DER BAUM

Zwei Männer kamen aus dem Wirtshaus, blieben vor einem Baum stehen und rätselten, um welche Baumart es sich handeln könnte. Jeder war gescheiter als der andere. Da kam ein Passant daher und sagte: Was für ein schöner alter, knorriger Baum!

ROLLER

Drei Jungen kamen den Hügel herunter,
flitzten vorbei mit roten Köpfen, Hurra
und Gekicher. Schön zu sehen, wie sie
ihre Geräte den Weg hinaufschleppten,
Probleme wälzten dabei wie die Großen.
Nicht böse, jeder auf seine Art, gut gespielt, die Erwachsenen nachahmend
und doch kindlich naiv. Der Große führte
sie an. Probleme mit den Eltern natürlich,
der Tag in der Schule, die verpatzten
Hausaufgaben. Ich saß zufällig am
Ausgangspunkt ihrer Abfahrt, sah, wie
sie dastanden, verschwitzt nach unten
blickend. Wie sie auf ein kurzes Zeichen
hin sich auf ihre Roller und Seifenkisten
schwangen, voller Freude die Abfahrt
genossen und unten, den Weg in der Kurve
als Zielgerade ausnutzten. Ich las in einem
Buch über Hörsturz, hörte ihre Gespräche
und Freudenschreie dreifach im linken
Ohr, als hätte sich dort zusätzlich ein
kleiner Hochtonlautsprecher eingenistet.
Ich stand auf, ging den Weg hinunter.
Jetzt kamen sie an mir vorbei, wieder
mit großem Hallo und Juchhe. Und der
Anführer in der Seifenkiste rief dem
Jungen auf dem Roller zu: Du bist schon
disqualifiziert! Wieso? Weil du zu früh
losgefahren bist! Nach einer Pause rief
der Führende, kicherte und lachte: Ich bin
der Erste! Und bog ein in die Zielgerade.
Kein Streit, kein Handgemenge, kein
böses Wort. Die Freude, der Spaß, die
berauschende Abfahrt waren stärker als
alles andere. Gemeinsam schleppten sie
ihre Geräte den Berg hinauf.

DAME

Schau dir das Flittchen an. Hautenger
Rock, hochhackige Schuhe. Spielt die
Bleiche, Schlanke, Mollige. Ein Schritt und
zwei pralle Schenkel. Aber kein Regisseur
weit und breit, der schreien würde: Stopp,
aus, gestorben, meine Liebe! Die kriegt
Geld dafür, warum auch nicht? Man muss
sie gesehen haben, angezogen, lasziv.
Die scheinheiligen Brüder fotografieren.
Wenn nicht der Mann von der Zeitung
dazwischenkäme. Die geben sich Zeichen, verschwinden in der Menge. Das
vollbrüstige Weib ist erwartungsvoll stehen
geblieben.

ZUFALL

Auch wenn sie die Untersuchungser-
gebnisse veröffentlichen, die kriminellen
Machenschaften werden nicht rückgängig
gemacht. Kostenlose Personality-Show.
Zuerst werden die Gesetzeswidrigkeiten
vertuscht, dann kommen die Hintergründe
zum Vorschein. Die Verzweigungen,
Immunität!

BABY

Hier ist das Baby. Das Kind. Die Unschuld. Das Weiche. Das große Glück! Du kannst etwas lernen, wenn du willst. Lass es lachen, weinen, lass es wütend werden. Sei deinem Kind ein guter Vater. Dieser Satz sollte täglich hundertmal im Fernsehen erscheinen. Dafür die Werbung für Babynahrung verschwinden. Das Kind lächelt, denkt nicht: Ich will Herrscher sein, wenn ich groß bin! Das ist es, was dich fasziniert. Den Großvater genauso wie den Versicherungsvertreter. Selbst wenn er darin seine Zukunft sieht. Experte und Wahrsager, frag nicht, was wird aus dem Kind. Lass es leben, freue dich.

DER SPRUCH

Die Tage sind so lang und das Leben so kurz. Ich denke, es ist falsch, was ich mache, kann aber nicht mehr zurück. Der Satz lautet: Das Leben ist kurz und die Tage so lang. Ich weiß nicht, vielleicht ist es der Ausspruch eines Verlorenen, eines Einsamen. Wer hat es noch nicht gedacht? Es ist nicht verwerflich. Es ist der Weg. Das Leben. Die Fahrt ins Ungewisse. Dein festgelegter Plan. Lass dich darauf ein. Bis jetzt hast du nur getan, was andere verlangt haben von dir.

DER ANDERE

Ist er einer von uns? Kann man ihm
trauen? Will er nach oben? Untergräbt
er die Moral? Was hat er für ein
Familienleben? Was bildet er sich ein?
Steht er nicht auf der anderen Seite?
Zyniker, Spötter, nicht mit uns. Wir
veröffentlichen nichts von ihm. Da gibt
es Mittel und Wege. Kein Wort mehr.
Den trocknen wir aus!

. . .

Adelhard Winzer
Lieblose Zeiten

Lieblose Zeiten
Gedichte. 2020. 116 Seiten.
Paperback. ISBN 9783750452015
(Auch als E-Book erhältlich)

Wie lebt und liebt man in unseren unsicheren Zeiten, in denen nichts mehr gewiss ist? Wie wird man gelassen und weise? Wie geht man mit Ängsten und Sehnsüchten um? Adelhard Winzer misstraut einfachen Antworten. Seine eigensinnigen Gedichte fordern zum achtsamen Lesen, zum Mit- und Nachdenken auf und lassen dabei eine völlig neue Sichtweise auf allzu Gewohntes und Vertrautes entstehen.

Freiheit
Als Discountbroker lernte er
die Gier der Menschen kennen
als Schüler die Wut eines Lehrers
im Winter ging er barfuß allein
durch den Schnee im Sommer
wäre er beinahe ertrunken während
der Lehrzeit wurde der ältere
Lehrling vom Chef bevorzugt
der Supervisor im Callcenter
führte sich auf als wäre er
Google und Facebook persönlich
frei fühlte ich mich allein als Kind
auf dem Bauernhof meines Onkels

Zuhause
Im Sumpf im Moor wo noch
daheim wo daheim ja daheim
im Moor hab ich gesagt aber
niemand interessierte sich
dafür die Zeiten waren so
dass keiner mit einem andern
was zu tun haben wollte

Spiegel
Der Spiegel sagte ich
kann die arroganten
scheinheilig unbedarften
treuherzig dreinblickenden
herrschsüchtigen
Politikergesichter
nicht mehr sehen

Schreiben
Nicht durch getreues Nachahmen
oder Beschönigen der Realität allein
durch Aufdecken und Hinterfragen
von Ungereimtheiten und Lügen
bekäme das Schreiben einen Sinn

Die Frage
Einer der gerne allein
ist die Einsamkeit liebt
sich nicht wohl fühlt
in der Masse die Stille
sucht und nicht findet

Brief
Liebe Freunde ich denke
heute an euch an den Strand
und die Muschelsucher
frühmorgens das Hotel
auf dem Hügel unter der
Italienischen Eiche die
Dorfbewohner vor ihren
Häusern molto simpatico
am Fischmarkt vorbei
Spaziergang am Meer allein
am alten Hafen über mir
die schneeweißen Möwen

Märchen
Er bestieg den Mount Everest
legte sich hin rollte den Berg
hinunter blieb einen Tag liegen
stand wieder auf und ging in
die große weite Welt hinaus

Kritik
Alle reden von der Liebe
tausend Lieder gibt es
Bücher Sonaten Gedichte
Ovid und Sappho haben darüber
geschrieben jetzt kommst auch
du noch mit deinem Angriff
auf die Liebe

Liebe
Soll ich mich in den Brunnen
stürzen noch einmal von vorne
beginnen was bilde ich mir ein
gibt es keine Tabletten dafür ich
denke seit Tagen nur noch an sie
wie das weitergehen soll weiß ich
nicht einmal glaube ich sie sei dafür
dann wieder muss ich mich abkühlen
sofort an was Anderes denken

. . .

Adelhard Winzer
Liebes, böses Kind

Liebes, böses Kind
Drama. 2020. 88 Seiten
Paperback. ISBN 9783751976794
(Auch als E-Book erhältlich)

LIEBES, BÖSES KIND
Drama

*Als Kind hatte ich so viel
Liebe in mir, mich gefreut
über das Schöne im Leben.
Aber meine Liebe wollten die
Leute nicht. Man muss seine
ganze Liebe geben, haben sie
gesagt. Aber das stimmt nicht,
man muss alles verheimlichen,
verstecken, wie im Krieg.
Wenn du zu viel Liebe gibst,
nehmen dich die Leute
nicht ernst. Liebe ist ein
Fremdwort. Liebe schreibt
man ganz anders!*

Ein Soldat kommt von einem Einsatz zu-
rück, der ihn die beste Zeit des Lebens
gekostet hat. Er besucht das Oktoberfest.
Trifft sein zweites Ich. Begegnet unerwar-
tet einem Freund, der ihm ein Geschäft
vorschlägt. Findet sich in einem Separee
wieder. Besucht seine Schwester. Kehrt
endgültig nach Hause zurück.

Bevor das Stück beginnt, stimmt ein Schau-
spieler hinter geschlossenem Vorhang die
Melodie von „The Ballad of the Green
Berets"an. Unsicher und gebrochen, als
würde er nebenbei noch etwas anderes
machen.

Ein Tag nach dem Oktoberfest. Leeres
Bierzelt mit schmutzigen Biertischen
und Bänken. Volksfestversatzstücke. Helles
Bühnenlicht. Hinter der hochgeschlagenen
Bierzeltplane ist die Bavaria zu erkennen.
SOLDAT, in undefinierbarer Uniform und
mit Rucksack, sitzt vornübergebeugt an
einem Tisch.

SOLDAT *sich langsam aufrichtend* Ihr
Schweine!

Zieht ein Foto aus seiner Uniform-
jacke, auf dem eine Frau zu erkennen
ist.

Legt das Foto auf den Tisch, betrachtet es
lange.

SOLDAT Wo bist du?

*Geräusch im Hintergrund, als würden
Stühle umfallen.*

*SOLDAT springt auf, reißt eine Ma-
schinenpistole aus seinem Rucksack.*

Zielt auf einen imaginären Feind.

SOLDAT *zu sich selbst* Idiot –

Setzt sich wieder.

SOLDAT warum bist du zurückgekehrt?

*Legt die Maschinenpistole auf den
Tisch.*

SOLDAT Blödmann!

*Zieht ein Paar in Plastik verpackte
Arbeitshandschuhe aus dem Rucksack.*

SOLDAT Für wen hast du die geklaut?

Zerreißt die Plastikfolie.

*Entfernt einen Karton, auf dem eine
Gebrauchsanweisung steht.*

Legt die Handschuhe vor sich hin.

SOLDAT *im Befehlston* Links!

Hebt beide Handschuhe in die Höhe.

SOLDAT Rechts!

Steht auf.

Probiert einen Handschuh an.

Dreht sich um.

Macht eine schnelle Boxbewegung.

Zieht den Handschuh wieder aus.

Schnuppert an seiner Hand.

SOLDAT *abwertend* Arschloch.

Hustet lautstark.

Verstaut die Handschuhe im Rucksack, und setzt sich.

Betrachtet wieder das Foto.

Fängt zu erzählen an.

SOLDAT Gestern kam ich an einer Kirche vorbei –

Stille.

SOLDAT da hat ein Chor gesungen.

Stille.

SOLDAT Ich bin hineingegangen.

Stille.

SOLDAT Hab mich hingekniet –

Stille.

SOLDAT und plötzlich zu weinen angefangen.

Stille.

SOLDAT Da kam ein Sänger auf mich
zu und sagte:

Stille.

SOLDAT Was wollen Sie hier?

Stille.

SOLDAT Woher kommen Sie!

Stille.

SOLDAT Gehört Euch vielleicht Gott
allein – habe ich gefragt.

Stille.

SOLDAT Mit Gott hat das nichts zu tun,
meinte er, wir haben hier eine General-
probe.

Stille.

SOLDAT Hat es Ihnen gefallen?, fragte
eine Sängerin.

Stille.

SOLDAT Daraufhin habe ich ihnen einen
Vortrag gehalten.

Stille.

SOLDAT Ich weiß nicht, warum.

Stille.

SOLDAT Warum –

Stille.

SOLDAT muss man immer wissen warum?!

Stille.

SOLDAT Sie haben mich angeschaut wie einen Aussätzigen.

Stille.

SOLDAT Dabei habe ich als Kind so viel Liebe in mir gehabt.

Stille.

SOLDAT Mich gefreut über das Schöne im Leben!

Stille.

SOLDAT Ich wollte lieb sein.

Stille.

SOLDAT Lieb –

Stille.

SOLDAT habe ich gesagt.

Stille.

SOLDAT Aber meine Liebe wollten sie nicht.

Stille.

SOLDAT Ich wurde immer nur abgelehnt.

Stille.

SOLDAT Und der Chor hat mich ausgelacht.

Stille.

SOLDAT Man muss seine ganze Liebe geben, haben sie gesagt.

Stille.

SOLDAT Aber das stimmt nicht –

Stille.

SOLDAT man muss alles verheimlichen.

Stille.

SOLDAT Verstecken,

Stille.

SOLDAT wie im Krieg, habe ich gesagt.

Stille.

SOLDAT Wenn du zu viel Liebe gibst –

Stille.

SOLDAT nehmen dich die Leute nicht
ernst.

Stille.

SOLDAT Liebe ist ein Fremdwort.

Stille.

SOLDAT Liebe schreibt man ganz anders!

Stille.

SOLDAT Dabei habe ich so gerne gelacht
als Kind.

Stille.

SOLDAT Aber nicht so spöttisch wie die
Erwachsenen.

Stille.

SOLDAT Blasmusik –

Stille.

SOLDAT ich weiß nicht, warum ich plötzlich an Blasmusik denken muss.

Stille.

SOLDAT Blasmusik haben sie gespielt.

Stille.

SOLDAT Im Radio.

Stille.

SOLDAT Jeden Sonntagvormittag.

Stille.

SOLDAT Das hat meinem Vater
gefallen.

Stille.

SOLDAT Da war er nicht mehr der kleine
Mann.

Stille.

SOLDAT Weil sich bei ihm alles um Geld
gedreht hat.

Stille.

SOLDAT Hilfsarbeiter.

Stille.

SOLDAT Handlanger, haben die Leute
gesagt.

Stille.

SOLDAT Weil er den Bauernhof auf-
geben musste.

Stille.

SOLDAT Als gehörte er nicht mehr dazu!

Stille.

SOLDAT Ich habe ihn einmal besucht.

Stille.

SOLDAT Auf der Baustelle.

Stille.

SOLDAT Kurz vor Feierabend.

Stille.

SOLDAT Da hat er die Betonmischma-
schine sauber gemacht.

Stille.

SOLDAT Und die Maurer haben gelacht.

Stille.

SOLDAT Herr Maschinist, haben sie
gesagt.

Stille.

SOLDAT Als die Maschine schon sauber
war.

Stille.

SOLDAT Herr Maschinist –

Stille.

SOLDAT noch eine Mischung!

Stille.

SOLDAT Obwohl sie keine Mischung mehr brauchten.

Stille.

SOLDAT Ich höre noch heute ihr dreckiges Lachen!

Stille.

SOLDAT Man braucht immer die andern –

Stille.

SOLDAT haben sie in der Kirche gesagt.

Stille.

SOLDAT Aber das stimmt nicht.

Stille.

SOLDAT Die andern gibt es gar nicht.

Stille.

SOLDAT Nur die leeren Flaschen schaffen es.

Stille.

SOLDAT Die voll sind bis zum Rand.

Stille.

SOLDAT Unordnung braucht eine Ordnung.

Stille.

SOLDAT Verzweiflung die Tat.

Stille.

SOLDAT Nie hat jemand zu mir gesagt:

Stille.

SOLDAT Ich hab dich lieb.

Stille.

SOLDAT Immer nur:

Stille.

SOLDAT Das kannst du nicht.

Stille.

SOLDAT Du doch nicht!

Stille.

SOLDAT Und alle Gegenstände wurden hart.

Stille.

SOLDAT Der Kreis zum Viereck.

Stille.

SOLDAT Die Nacht zum Tag.

Nimmt das Foto in die Hand.

SOLDAT In der Kirche hingen handgeschriebene Zettel an der Wand:

Stille.

SOLDAT „Maria, hilf mir, dass ich durch den Tag komme!"

Stille.

SOLDAT „Lieber Gott, hilf, dass ich zurückfinde zu mir!"

Stille.

SOLDAT „Maria, beschütze mein Kind!"

Legt das Foto wieder auf den Tisch.

SOLDAT Meine Mutter hat einmal eine Münze in mein Taschentuch gebunden, damit ich mir auf dem Kinderball was kaufen konnte.

Stille.

SOLDAT Als ich dort ankam, hatten sich die Cowboys und Indianer schon alle um- gebracht.

Stille.

SOLDAT Ihr Schweißgeruch, und die Hitze im Saal!

Stille.

SOLDAT Da wollte ich mir was zu trinken kaufen.

Stille.

SOLDAT Aber die Faschingsindianer haben mir den Weg versperrt.

Stille.

SOLDAT Sie schubsten mich zur Seite, zerrten an meinem Taschentuch, bis die Münze auf den Boden fiel und unter den Girlanden verschwand.

Stille.

SOLDAT *mit geschlossenen Augen* Da hätte ich auch gerne eine Muttergottes gehabt –

Stille.

SOLDAT jemanden, der mich tröstet!

Stille.

SOLDAT Aber niemand war da.

Steht ruckartig auf.

SOLDAT Insolventer Familienkonzern bringt sein Privatvermögen in Sicherheit, und die Angestellten verlieren ihren Job!

Stille.

SOLDAT Kleinunternehmer klagt über die Internetkonkurrenz und beugt sich der Übermacht.

Stille.

SOLDAT Wörter einmal großge-schrieben –

Stille.

SOLDAT dann wieder klein.

Stille.

SOLDAT Milliardenverluste legal in den Sand gesetzt.

Stille.

SOLDAT Und die Leute glauben immer noch, die Schweine würden sich ändern!

Stille.

SOLDAT Eine ganz neue Art von Krieg ist das.

Betrachtet das Foto.

SOLDAT Krieg!

Greift nach der Maschinenpistole.

SOLDAT Krieg – Krieg!

Dreht sich im Kreis.

Geht in die Knie.

Macht eine Bewegung, als würde er alle niedermähen.

SOLDAT *lautstark* IHR SCHWEINE!

. . .

Adelhard Winzer
Maratonga

Maratonga
Ein Traumspiel. 2020. 104 Seiten
Paperback. ISBN 9783751993920
(Auch als E-Book erhältlich)

MARATONGA
Ein Traumspiel

*Ein Mann und eine Frau treffen sich
nach jahrzehntelanger Trennung wieder,
sie erzählen davon, wie und wo sie
ihre Zeit ohneeinander verbracht
haben, was sie gesehen, erlebt
und empfunden haben dabei.
Sie vertrauen sich Geheimnisse
an, gehen gemeinsam zum Essen,
betrachten alte Fotoalben, erzählen
von den unwiederbringlichen
Zeiten, aber auch vom Heute,
das ihnen leer und zukunftslos
erscheint. Ein Traumspiel
von Liebe, Freundschaft,
Sehnsucht und Tod.*

Große Terrasse. Zwei Gartenstühle auf denen Marisa und Maximilian sitzen. Sonnenschirm. Tisch. Hauswand als Hintergrund mit Tür und Fenster. Mildes Sonnenlicht.

MAXIMILIAN: *steht auf* Sie eifert!

MARISA: Wer, Rita?

MAXIMILIAN: *hin und her gehend* Ja.

MARISA: Dann gib ihr halt einen Grund dafür!

MAXIMILIAN: Ich weiß nicht.

MARISA: *fordernd* Was weißt du nicht?

MAXIMILIAN: *bleibt stehen* Gestern hat sie Fleischpflanzl gemacht, und die macht sie sehr gut, nur vergisst sie oft den Salat dazu. Aber das war es nicht, ich hab nur gesagt, bitte ohne Knoblauch, ich besuche morgen Marisa!

MARISA: Und?

MAXIMILIAN: So lange du ihr keinen Zungenkuss gibst, macht es ja nichts, meinte sie.

MARISA: *ihre Hand vor den Mund haltend* Bin ich ihr etwa ein Dorn im Auge?

MAXIMILIAN: Das würde sie nie zugeben. *Macht einen Schritt, bleibt wieder stehen.* Willst du mitfahren, hab ich gefragt. Nein, hat sie gesagt. Nein!

Pause.

MAXIMILIAN: Sie muss erst die Große von der Schule abholen, dann die Kleine vom Kindergarten.

MARISA: Magst du denn keine Kinder?

MAXIMILIAN: Doch, aber zu den Rechten gehören auch Pflichten! Ich hab es ihr hundert Mal gesagt, aber sie lässt ihnen alles durchgehen – Alles!

MARISA: Und was machst du dagegen?

MAXIMILIAN: *weiter hin und her gehend* Kinder können grausam sein. Früher war es nicht richtig, und heute erst recht nicht. Damals hat die Oma Briefe verbrannt.

MARISA: Ich weiß, was du meinst. Vielleicht war ihr ein fleißiger Arbeiter lieber, als einer der nur Briefe schreibt. Es war auch eine ganz andere Zeit.

MAXIMILIAN: *bleibt wieder stehen* Die Zeit, ja, das sagt sich so leicht, aber es war nicht die Zeit. Es sind immer die Menschen, die die Welt verändern. Und heute ist alles erlaubt. Dabei leben die Leute gar nicht mehr, hast du das noch nicht bemerkt?

Pause.

MAXIMILIAN: Diese Patrioten, die immer das Wort Demokratie in den Mund nehmen, sind am schlimmsten. Übernehmen blind eine fremde Sprache, bilden sich noch wunder was darauf ein!

MARISA: Ich habe gar nicht gewusst, dass du politisch so engagiert bist?

MAXIMILIAN: Das bin ich nicht, ich muss mich nur manchmal so ärgern. GIRLS DAY zum Beispiel, oder KIDS. Hätte ich nichts anderes zu tun, ich würde die Leute aufwiegeln gegen die Sprachverhunzer!

Pause.

MAXIMILIAN: *sich selbst unterbrechend* Jetzt fällt es mir wieder ein.

Pause.

MARISA: Was?

MAXIMILIAN: *macht ein paar Schritte* Als dich Rita zum ersten Mal gesehen hat, hat sie gefragt, was ist das eigentlich für cinc, diese Marisa? Marisa, habe ich gesagt, das ist eine ganz liebe.

Pause.

MAXIMILIAN: *bleibt wieder stehen* Dann hab ich es ihr gesagt.

MARISA: Was hast du gesagt?

MAXIMILIAN: Dass wir uns als Kinder einmal in der Kirche geküsst haben.

Pause.

MAXIMILIAN: Und jetzt wirft sie mir das vor!

Pause.

MARISA: *beschwichtigend* Ich erzähle auch manchmal so Sachen, völlig gedankenlos.

Pause.

MAXIMILIAN: Aber nein, sie muss es mir aufs Tablett legen. *Nachäffend.* So lange Sie dir keinen Zungenkuss gibt!

Pause.

MAXIMILIAN: Ich habe sehr lange gebraucht, bis ich mich davon befreit habe. Weil ich immer geglaubt habe, es ist eine Sünde.

MARISA: Ich auch. Vor jedem Feldkreuz habe ich mich bekreuzigt.

Pause.

MAXIMILIAN: Wenn ich mit dem Fahrrad unterwegs war, hab ich aufgepasst, ob jemand kommt, den ich grüßen muss. Vor lauter Grüßen hab ich manchmal nicht mehr gewusst, wo ich bin – ist das auf der anderen Straßenseite der Herr Doktor, der Herr Pfarrer oder der Herr Lehrer? Alle andern waren immer wichtiger als ich!

Pause.

MAXIMILIAN: In der Schule gehörte ich zu den Unruhestiftern, obwohl ich nichts angestellt habe. Ich war ein lebhaftes Kind, nur durfte man das damals nicht sein!

Pause.

MARISA: Ich habe in der Schule einmal eine Ohrfeige bekommen. Das habe ich zuhause dem Vati erzählt, der ist gleich zu unserer Lehrerin gegangen und hat sich beschwert.

Pause.

MAXIMILIAN: Ich glaube, du bist viel freier aufgewachsen, hast das nicht gekannt. Diesen Druck und Zwang, dieses Stillsein und nichts sagen dürfen. Diese Unterwürfigkeit!

Pause.

MARISA: Der Vati hat mich schon manchmal hängen lassen, wenn mich die Mutti geschimpft hat, da hat er mich nicht verteidigt.

Pause.

MAXIMILIAN: Weißt du, dass ich noch zweimal im MARATONGA war, dich aber nie mehr gesehen habe?

Marisa fängt zu lachen an.

MAXIMILIAN: *setzt sich wieder* Warum lachst du?

MARISA: Weil ich im CANTERVILLE war.

Pause.

MAXIMILIAN: Ja, natürlich!

MARISA: Schade, wir hätten tanzen können.

MAXIMILIAN: Du und ich?

Eine schwarze Wolke verdunkelt die Terrasse.

Maximilian hebt seinen Kopf.

MARISA: Was ist?

MAXIMILIAN: Weißt du, an was ich gerade denke? Mein Vater hat mir oft so ein Lied über eine kleine weiße Wolke vorgespielt, dass ich immer ganz traurig wurde.

Pause.

MAXIMILIAN: Einmal wollte ich dich besuchen, bin ins Auto gestiegen und losgefahren. Und während der ganzen Fahrt hab ich an dich gedacht!

Pause.

MAXIMILIAN: Ich weiß gar nicht mehr, warum ich dich besuchen wollte.

Die Sonne kommt wieder durch.

MAXIMILIAN: Als ich angekommen bin, war das Haus zugesperrt.

MARISA: Niemand zuhause?

MAXIMILIAN: Nein, ich bin dann zur Jagdhütte gefahren, wo wir uns manchmal getroffen haben, aber auch dort warst du nicht. Ich wurde müde, hab mich hingesetzt und bin eingeschlafen. Auf einmal hab ich mich als Kind gesehen, allein auf einer großen Schaukel. Die Knie zerschunden, und überall Blut. Aber ich habe nichts gespürt.

Pause.

MAXIMILIAN: Als ich aufgewacht bin, dachte ich, die Zeit wäre stehengeblieben. So habe ich weiter gewartet.

Pause.

MARISA: Auf wen hast du denn gewartet?

Pause.

MARISA: Auf mich?

Pause.

MAXIMILIAN: *Marisa betrachtend* So
wie du jetzt aussiehst, würde ich dich gerne
einmal fotografieren!

Pause.

MARISA: Hast du denn einen Fotoapparat
dabei?

Pause.

MAXIMILIAN: Ja – auch ein altes Fotoalbum.

Pause.

MARISA: *fast vorwurfsvoll* Warum zeigst
du mir dann die Sachen nicht?!

*Während Maximilian aufsteht und zum
Auto geht, fährt wieder eine schwarze
Wolke über die Terrasse. Marisa geht zum
Tisch, macht eine langsame Umdrehung,
setzt sich. Maximilian kehrt mit Kamera
und Fotoalbum zurück, nimmt lächelnd
neben Marisa Platz.*

MARISA: *mit der Hand über das Album
streichend* Schöne alte Bilder?

Pause.

MAXIMILIAN: *geschäftig* Wir müssen
vorher noch ein Foto machen!

Pause.

MAXIMILIAN: Schau, erst fotografiere ich dich, dann machst du ein Bild von mir. Und am Schluss kleben wir sie zusammen. Das ist interessanter als die neuen Selbstauslöser!

Pause.

MARISA: Warum besuchst du mich eigentlich nicht öfter?

Maximilian öffnet das Album, klappt es wieder zu.

MARISA: Braucht man immer einen Grund?

Maximilian hantiert an seiner Kamera.

MARISA: *steht auf* Schau, ich kann schon tanzen. *Dreht sich langsam im Kreis.*

MAXIMILIAN: *auf den Auslöser drückend* Du überrascht mich immer wieder!

MARISA: Wann hab ich dich denn zuletzt überrascht?

MAXIMILIAN: Gerade, jetzt!

Pause.

MARISA: *setzt sich wieder* Schauen wir das Album an?

MAXIMILIAN: Machen wir noch ein Foto! *Steht auf und drückt auf den Auslöser.*

MARISA: *belustigt* Das wird was werden.

MAXIMILIAN: Und ob! *Fotografiert nochmal.*

MARISA: *geht in Positur* Noch eines, aber dann ist Schluss. *Nimmt Maximilian die Kamera aus der Hand, fotografiert ihn, gibt ihm die Kamera zurück.* Vielen Dank, Herr Fotograf!

Pause.

MAXIMILIAN: *die Kamera betrachtend* Erinnerst du dich an einen Menschen, den du verehrt hast in deinem Leben?

Pause.

MARISA: Meinen Vati vielleicht.

MAXIMILIAN: Bei mir war es eine Lehrerin. Die habe ich geliebt. Ich glaube, sie mich auch. Der Maximilian kann so schön singen, hat sie immer gesagt.

Pause.

MAXIMILIAN: Das war in der ersten Klasse.

Pause.

MAXIMILIAN: *steht auf, fängt zu singen an* DER JÄGER AUS KURPFALZ – DER REITET DURCH DEN GRÜNEN WALD UND SCHIESST DAS WILD DAHER – GLEICH WIE ES IHM GEFÄLLT. Und alle Schüler haben mitgesungen: HALLI – HALLO – GAR LUSTIG IST DIE JÄGE-REI ALL HIER AUF GRÜNER HEID – ALL HIER AUF GRÜNER HEID!

MARISA: *Beifall klatschend* Bravo!

MAXIMILIAN: *setzt sich wieder* Sie hat das gefördert! Bei ihr gab es kein böses Wort. Sie war auch die einzige, die meinen Namen richtig ausgesprochen hat. Bei den andern war ich nur immer der Maxl.

Die Sonne kommt wieder.

Maximilian öffnet das Fotoalbum.

MARISA: Bist du das?

MAXIMILIAN: Ja – mein erster Schultag!

MARISA: Und wo ist die Lehrerin?

MAXIMILIAN: Leider gibt es kein Foto von ihr.

Pause.

MAXIMILIAN: *weiterblätternd* Da bin ich Ministrant.

Pause.

MAXIMILIAN: Und hier beim Hopfen-
zupfen.

Pause.

MARISA: Hübscher Bub.

MAXIMILIAN: Nein, braver Bub. Einer,
der sich nichts sagen traut!

Pause.

MAXIMILIAN: *nachdenklich* Ich glaube,
wir hören wieder auf.

MARISA: Wieso?

MAXIMILIAN: *drückt auf den Auslöser*
Weil wir schon alt sind.

Pause.

MARISA: Ich mag aber alte Leute.

Pause.

MAXIMILIAN: *in Fotografenmanier*
Bleib so! *Drückt mehrmals auf den
Auslöser.*

Pause.

MARISA: Alte Leute habe ich immer
schon gemocht.

Pause.

MARISA: Das Omale zum Beispiel.

Pause.

MARISA: Ich bin auch beim Frauenbund.

Pause.

MAXIMILIAN: Und da gehst du hin?

MARISA: Jeden Montag.

MAXIMILIAN: Darf ich dich einmal begleiten?

MARISA: Nein, nur Frauen!

Pause.

MAXIMILIAN: *blättert im Album* Weißt du, wer das ist?

Pause.

MARISA: Du allein auf einem Berggipfel!

Pause.

MARISA: Ich war auch einmal auf einem Berg. Da war ich zwölf oder dreizehn. Mein Vati hat mit einem Arbeitskollegen eine Bergwanderung gemacht. Sie haben sich hingesetzt, Schinken, Käse und Brot aus dem Rucksack geholt, und ich hab mir gedacht, warum gehen wir nicht gleich in eine Wirtschaft? Ich hab nicht verstanden, dass die Brotzeit für sie das Schönste bei dieser Bergwanderung war.

Pause.

MARISA: Ich bin dann allein vorausge-
gangen. Da ist mir ein Amerikaner entge-
gengekommen.

MAXIMILIAN: Woher hast du denn
gewusst, dass es ein Amerikaner
war?

MARISA: Er hat ein englisches Lied
gesungen. Und eine Uniform angehabt.

Pause.

MARISA: Plötzlich ist er stehengeblieben,
hat mich in die Arme genommen – und mir
den ersten Zungenkuss meines Lebens
gegeben!

Pause.

MARISA: Dann bin ich weitergegangen.

Pause.

MAXIMILIAN: Ganz benebelt, oder was?

Pause.

MARISA: Nein, ich weiß gar nicht mehr,
was nachher war.

Pause.

MAXIMILIAN: *schmunzelnd* Ja, ja!

Pause.

MARISA: Ich weiß es echt nicht!

Pause.

MARISA: Ich hab den Mann nie mehr gesehen.

Pause.

MAXIMILIAN: Nein?

Pause.

MARISA: Echt wahr!

Maximilian blättert weiter.

MARISA: Bist du das?

MAXIMILIAN: Ja, die Fotografin hat mir für die Aufnahme die Haare toupiert. Das Bild hing lange Zeit in ihrem Schaufenster. Aber ich wollte immer, dass sie es entfernt.

Pause.

MARISA: Und wer ist das?

MAXIMILIAN: Eine Freundin.

MARISA: Keine Liebe?

MAXIMILIAN: Wir haben uns nur heimlich getroffen. Wenn du weißt, was ich meine.

MARISA: Was meinst du?

MAXIMILIAN: *grinst* Sie war verheiratet, hat gesagt, ich lasse mich noch scheiden wegen dir!

MARISA: Das kenne ich.

Pause.

MARISA: Ich habe auch so Liebschaften gehabt.

Pause.

MARISA: Dann kam plötzlich Klaus daher. Ich hab zur Mutti gesagt, jetzt habe ich meine große Lieben gefunden. Und sie: Du kleines Matzl, du!

MAXIMILIAN: Matzl?

MARISA: Klaus heißt er, hab ich gesagt, er holt mich morgen vor der Kirche ab. Da hat sie gesagt, hoffentlich versetzt er dich! Weil ich bereits mit einem andern Jungen verabredet war.

Pause.

MAXIMILIAN: *mit dem Finger auf ein anderes Foto deutend* Das Mädchen hab ich verehrt, aber nichts ist daraus geworden. Das Mädchen daneben hat mich angesponnen, aber ich wollte nichts von ihr.

Pause.

MAXIMILIAN: Es gab auch eine Zeit, da war ich gegen alles. Gegen Krieg und Religion, gegen die ganze Gesellschaft!

Pause.

MAXIMILIAN: *weiterblätternd* Das ist so ein Foto aus jener Zeit.

Pause.

MARISA: Wow –

Pause.

MARISA: Vollbart, und lange Haare!

Pause.

MAXIMILIAN: Und hier kommt SIE.

Pause.

MARISA: Wer?

Pause.

MAXIMILIAN: Meine Traumfrau!

Pause.

MARISA: *überrascht* Das bin ja ich!

Maximilian klappt unerwartet das Album zu.

MARISA: Was ist jetzt?

*Maximilian steht ruckartig auf, nimmt das
Album und die Kamera unter den Arm.*

MARISA: Willst du mich schon verlassen?

MAXIMILIAN: Ich?

*Schwarze Wolken fahren über die
Terrasse.*

*Maximilian legt das Album und die
Kamera zurück auf den Tisch.*

MARISA: Wir haben noch gar nicht
getanzt.

Wind kommt auf.

MARISA: Tanzen wir!

*Pechschwarze Wolken hängen über der
Terrasse.*

MARISA: *ausgelassen* MARATONGA!

Pause.

MAXIMILIAN: Du und ich –

Pause.

MAXIMILIAN: für immer?

*Marisa und Maximilian umarmen sich,
drehen sich im Kreis.*

MARISA: Nicht aufhören!

Eine Windböe reißt den Sonnenschirm um.

MAXIMILIAN: Halt dich fest!

Sturm kommt auf.

Marisa verheddert sich im Stuhl.

MAXIMILIAN: Pass auf!

MARISA: *verzweifelt* Maximilian!

Sturmgeheul

Ein greller Blitz.

Maximilian und Marisa taumeln über die Terrasse.

Finsternis.

Vorhang.

Nachspann:

Denn nichts ist für die Ewigkeit
alles andere nur Träumerei

. . .

Adelhard Winzer
Strandgut

Strandgut
Miniaturen. 2021. 216 Seiten
Paperback. ISBN 9783750442276
(Auch als E-Book erhältlich)

STRANDGUT
Miniaturen

*Im Sommer 2010 begann ich in
Italien Aufzeichnungen zu machen,
schnell und ohne das Geschriebene
noch einmal zu lesen. Sechs Jahre
später habe ich auf die gleiche Weise
ein Notizbuch geführt, beide Fassungen
überarbeitet, neu zusammengestellt
und zur Veröffentlichung freigegeben.
Spontane Prosastücke, Miniaturen,
unvollendete Geschichten über
Freundschaft und Liebe,
und die Vergänglichkeit
des Lebens.*

Man braucht nicht viel fürs Leben. Das
Nötigste hat in einem Rucksack Platz.
Bloß keinen Schrank mit hundert Fächern!
Selbst ist der Mann und die Frau. Im
Alter überlegt man zweimal, ob sich die
Anschaffung noch lohnt. Ein neues Auto,
oder das alte Modell ohne Sonderaus-
stattung und Extras, die man sowieso nicht
versteht. Bloß nichts übertreiben, wenn es
schön langsam dem Ende zugeht, oder
ganz plötzlich, mit einem Schlag.

Natürlich ist es gelogen, stimmt so nicht.
Man könnte es auch anders sagen und alles
würde sich ins Gegenteil drehen. Wer sagt
schon die Wahrheit, die man von allen
Seiten betrachten müsste. Wer glaubt
einem Lügner? Wer kennt nicht die
Versprechungen? Wer hat sein Wort noch
nicht gebrochen? Wenn alles gelogen ist,
ist die Wahrheit auch nur ein Wort.

Es begann langsam, steigerte sich und verschwand, nur um gleich wiederzukommen. Vor allem wenn es regnete, schrieb er lange Briefe an Freunde, die keine Freunde mehr waren. Er glaubte, es könnte sich ändern, wenn er sich entschuldigte, auch wenn er sich nicht schuldig fühlte.

Es ist nicht Nacht, es ist nicht Tag. Es ist nicht finster, es ist nicht hell. Ein Blick in den Spiegel genügt. Eine Figur, nichts weiter. Ein Gesicht, eine Linie, eine Narbe vielleicht. Jeder hat es schon einmal gemacht. Mit der Lüge fängt es an. Ich weiß es, du weißt es. Nur will keiner etwas damit zu tun haben. Jeder weiß, worauf es ankommt, und hält sich doch nicht daran.

Sollen wir uns ein Boot mieten? Wer hält das Steuer? Ich oder der andere? Keine Ahnung. Bloß Angeberei? Wenn du etwas nicht willst, warum machst du es dann? Weil die anderen es machen? Weil du es dir einbildest? Bildest du es dir ein? Wenn es nicht von dir kommt, was ist es dann?

Zurzeit will jeder an die Spitze, zurzeit sind alle verrückt. Man kann sich zu Tode ärgern, ändern kann man es nicht. Es ist gefährlich geworden, man muss vorsichtig sein. Das Leben hat mit dem, was es einmal war, nichts mehr zu tun, es heißt nur noch so.

Ein rotes Auto hielt am Straßenrand. Eine Frau stieg aus und stellte sich hinter den Wagen. Sie blickte sich mehrmals um, ging

in die Hocke, fing zu pissen an. Ich stand
auf der anderen Straßenseite, aber sie
konnte mich nicht sehen. Als sie einstieg,
merkte ich, dass der Motor noch lief. Was
wäre geschehen, wenn der Wagen ohne sie
davongefahren wäre, dachte ich und kam
mir vor wie ein Voyeur. Am Nachmittag
desselben Tages bemerkte ich vor einem
Café die Frau mit einem Glas Rotwein in
der Hand, wie sie aufmerksam in meine
Richtung blickte.

Schwere Wolken hängen über dem Meer.
Der Wind dreht sich, wird zum Sturm.
Hunde zerren an ihren Ketten. Eine Möwe
verheddert sich im Wolkenbruch, und die
Leute flüchten in ihre Häuser. Bald sieht es
aus, als wäre nichts geschehen. Nur sau-
berer die Umgebung, der Strand gereinigt
vom Unrat der letzten Tage. Warum aber
ändern sich die Menschen nicht?

Der Wind trägt dich hinaus aufs Meer.
Möwen erzählen dir was von gestern. Die
Sonne nur noch ein Funke. Auch deine
Bewegungen werden langsamer. Ein
Segelflieger landet auf dem Wasser. Ein
Tag im August, der nie wieder kommt. Die
Häuser weit weg. Du schwimmst um dein
Leben. Am Strand winken dir Leute zu.
Du weißt nicht, warum. Kein rettender
Gedanke.

. . .

Adelhard Winzer
Heimkehr

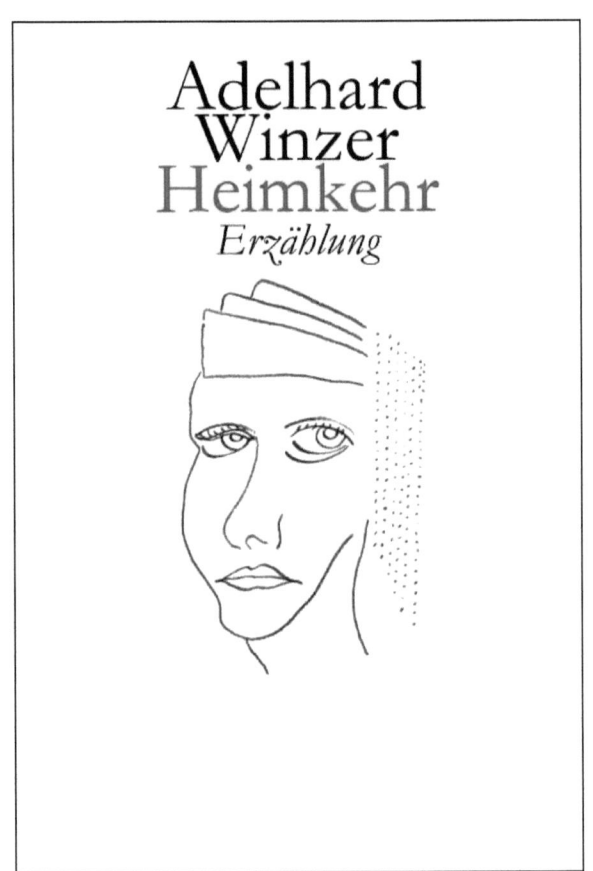

Heimkehr
Erzählung. 2021. 88 Seiten
Paperback. ISBN 9783753408361
(Auch als E-Book erhältlich)

„Das Leben ist so schnell vergangen
Haben wir uns nicht gerade erst kennengelernt"
Kerstin Specht

Die Tochter besucht ihren Vater,
den sie seit ihrer Kindheit nicht mehr
gesehen hat. Sie redet mit ihm, als wäre er
nur ein Bekannter, bestenfalls ein Freund,
nicht ihr leiblicher Vater, der sie und ihre
Mutter von heute auf morgen verlassen
hat. Der Vater, ein mehr oder weniger
erfolgreicher Künstler, gibt seine
Beweggründe nicht preis, spricht nicht
darüber, auch nicht mit der Tochter. Keine
gegenseitigen Vorwürfe, kein Streit, kein
offener Schlagabtausch. Über alles
Mögliche wird gesprochen, bloß nicht über
die Trennung. Dennoch spiegeln sich in
ihrer Mimik und Gestik Unsicherheit und
Bedrängnis wider. Im Laufe des
Nachmittags, den sie im Büro des Vaters,
am Chiemsee und auf der Terrasse eines
Restaurants verbringen, entwickeln sie
nach und nach freundschaftliche Gefühle
füreinander, sodass sich die Spannungen
am Ende ins Positive wenden.

DAS HAUS

Erst gegen Mittag hatte die Tochter mit
ihrem Auto das alleinstehende Haus im
Chiemgau erreicht. Sie hielt auf der Straße,
ließ den Motor laufen, blickte sich mehrmals um. Schließlich parkte sie den Wagen
vor der Garage neben dem Haus. Der Vater
hatte sie kommen sehen. Während sie aus-
stieg, hob er seinen Arm und rief: Hallo!

Sie kam erschöpft auf ihn zu, blieb nochmal stehen, sperrte mit der Fernbedienung
den Wagen ab. Ich habe schon gemeint, ich
komme nicht mehr an. Die Bundesstraße,
Lastwagen, Autos hinten und vorn, Wahnsinn. Die Strecke zieht sich so furchtbar
lang hin. Das nächste Mal fahre ich an
einem Sonntag! Das ist wahrscheinlich
auch gescheiter, meinte der Vater, ich
kenne das Theater. Und beide umarmten
sich, schauten sich an.

Sie überquerten den Hof, blieben vor der
Eingangstür des Hauses stehen. Der Vater
machte eine ausladende Geste und sagte:
Das ist das Reich meiner Lebensgefährtin!
Und, hat deine Lebensgefährtin auch einen
Namen? Anita, aber sie ist nicht hier, sie
muss heute bei ihrem Schwager auf das
Enkelkind ihrer Schwester aufpassen, das
sonst bei uns ist. Hört sich kompliziert an,
sagte sie. Ist es auch! Alles wegen mir?
Nein, wegen dem Kind, es ist krank. Es
ist immer krank!

Er öffnete die Tür, aber die Tochter blieb stehen. Sie sagte: Vorhin hab ich gedacht, ich hätte den Beppi gesehen. Welchen Beppi? Du weißt schon, der Kleinbichler Beppi, den habe ich letzte Woche in der Stadt getroffen. Ja, Beppi, hab ich gesagt, so eine Überraschung, wann haben wir uns denn zum letzten Mal gesehen?! Ich bin nicht der Beppi, hat er gesagt, ich bin der Sepp! Dabei haben wir im Sand gespielt früher, Kühe gehütet, als Kinder alles Mögliche miteinander gemacht. Ich bin der SEPP, hat er gesagt, als hätte ich ihm etwas getan. Dann wollte er doch reden mit mir. Was ich von der Allianz-Aktie halte, und ob ich ihm nicht ein paar Tipps geben könne. Von Immobilienfonds hat er angefangen, und von der Wall Street. Hoppla, hab ich gedacht, da schau her, der Beppi macht jetzt auf Aktien! Und bin weggegangen von ihm. Der Vater sagte: Der Beppi? Und die Tochter begann, ihre Schuhe auszuziehen. Die kannst du anbehalten, meinte er. Die Tochter schlüpfte trotzdem aus ihren Schuhen. Der Vater schaute ihr zu und sagte: An den Beppi kann ich mich kaum erinnern. Ich weiß nur noch, dass er immer Schlagzeug gespielt hat. Und ich hab schon gedacht, dcr Beppi ist hier! Der Vater: Nein, das würde ich wissen. Die Tochter: Der hat sich nämlich verspekuliert. Wer, der Beppi? Wenn, dann schon SEPP, sagte sie, bitteschön! Und beide fingen zu lachen an.

DAS ZIMMER

Sie durchquerten den Flur, gelangten über eine steile Treppe in das Arbeitszimmer des Vaters. Es war eingerichtet mit einer kleinen Couch, einem Schreibtisch, Computer, überbordenden Bücherregalen und einem altmodischen Telefonapparat. Die Tochter blieb im Zimmer stehen, blickte sich um, setzte sich dann auf die Couch. Du wohnst strategisch ungünstig, sagte sie. Ich weiß, entgegnete er, was hab ich mich früher aufgeregt über die schlechte Verbindung. Wenn ich nach München wollte, musste ich erst mit der Bimmelbahn nach Mühldorf, eine halbe Stunde warten, und dann mit dem Schnellzug weiter. Das mache ich nicht mehr, ich fahre nur noch mit dem Wagen. Ich denke da genauso, meinte die Tochter, das ganze Geschwafel über die Autos, wie falsch und verlogen das ist! Neulich im Fernsehen, aus lauter Verzweiflung, weil sonst nichts gekommen ist, haben wir den Besserwisserkanal eingeschaltet. Wer ist WIR, fragte der Vater. Ich und Robert. Robert, dein Mann? Nein, ich bin geschieden, sagte sie. Jedenfalls haben wir uns da eine pseudowissenschaftliche Sendung angesehen über eine Elefanten-Waisenhaus-Station in Afrika. Wie sie das machen mit den Tieren, war ja ganz interessant, aber am Schluss hieß es wieder nur: DIE ELEFANTEN STERBEN AUS! DIE NASHÖRNER SOWIESO! UND DIE ERDERWÄRMUNG! Deswegen fahre ich trotzdem nicht dreißig Kilometer mit dem Fahrrad zur Arbeit, Punkt! Weil, das ist ja in sich schon wieder ein Widerspruch. Auf der einen Seite wollen sie uns schlau machen, andererseits heißt es Klimawandel, Umweltverschmutzung und was uns das alles an Strom kostet! Also müsste ich in der logischen Konsequenz meinen Fernseher ausschalten, und zwar sofort.

Der Vater hatte ein Buch aus dem Regal gezogen, schaute es an, schob es wieder zurück. Und, wie verstehst du dich mit deinem neuen Freund? Wir wohnen schon zehn Jahre zusammen, sagte sie. Sie stand auf und reichte ihm einen USB-Stick. Schau, ich habe dir ein paar Fotos mitgebracht, die wurden alle auf Roberts Geburtstagsfeier gemacht. Der Vater ging an den Schreibtisch. Während er den Stick in den Computer steckte, sagte er: Ich habe mir gedacht, schlimmstenfalls warte ich noch eine Stunde, dann rufe ich dich an. Deine Handynummer hab ich mir schon hergerichtet, schau! Er nahm einen Zettel vom Schreibtisch und zeigte ihn ihr. Wenn du nicht kommst, muss ich dich anrufen, hab ich gedacht, weil du ja gesagt hast, du fährst rechtzeitig los. Das bin ich auch, sagte sie, aber die Bundesstraße war so was von nervig, dass ich mir schon überlegt habe, ob ich auf dem Rückweg nicht gleich die Autobahn nehmen soll. Nein, das ist ein Umweg, sagte er. Da fing das Telefon zu läuten an. Er nahm den Hörer vom Apparat, drückte auf die Gabel, legte den Hörer vor sich hin. Die Tochter fragte: Machst du das öfter? Nein, sagte er, nur weil du da bist.

Auf dem Bildschirm waren bereits zahlreiche Fotos erschienen. Die Tochter kam näher und deutete auf ein Bild: Schau, das sind die Gäste, das die Alphornbläser, und das ist Robert! Der sieht ja lustig aus, meinte der Vater, ein richtiges Original, was? Die Tochter ging nicht darauf ein. Hier ist sein Onkel, sagte sie, und das seine Schwester. Der Vater zeigte auf ein größeres Foto: Und wer ist das? Seine Kinder. Was, Kinder hat er auch, dann ist er wohl auch geschieden? Ich weiß, was du meinst, erwiderte sie, was kann ich denn dafür, wenn mich der Jochen geschlagen hat. Sie deutete wieder auf das Foto. Aber Robert ist ein ganz Lieber! Der Vater unterbrach sie. Ich kopiere jetzt die Bilder, damit du den Stick wieder mitnehmen kannst. Es eilt nicht, meinte sie. Schau, sagte er, Datei anklicken, Bilder einfügen, beschriften und speichern, so mach ich das. Ich weiß, wie es geht, entgegnete sie. Er zog den Stick aus dem Computer und reichte ihn ihr. Wann war denn die Geburtstagsfeier? Am letzten, nein, am vorletzten Sonntag! Sie ging langsam zur Couch zurück, setzte sich wieder. Der Robert ist in Ordnung, sagte sie und blickte auf ihren USB-Stick. Der lebt im Hier und Jetzt. Was früher war, interessiert ihn nicht, und was die Zukunft bringt, das ist ihm egal. Jetzt bin ich da, sagt er, jetzt gibt es eine Brotzeit, und dann einen Kuchen. So ist er, und er meint das alles ehrlich! Hab ich vielleicht etwas Unrechtes gesagt?, fragte der Vater. Er wartete, aber die Tochter antwortete nicht.

Wenn du willst, fahren wir an den Chiemsee. Da gibt es ein Café, wo sich immer so
Leute treffen, die glauben, was Besseres
zu sein! Er schmunzelte. Große Terrasse,
traumhafter Blick auf den See, wirklich
schön gelegen. Da hab ich meinen runden
Geburtstag gefeiert. Er machte eine kurze Pause. Oder Schloss Herrenchiemsee,
das wäre dann die große Tour, da war ich
mit Bekannten, die wollten das unbedingt
sehen, das ganze Drumherum, Fahrt mit
Pferdekutsche und so, alles inklusive Führer. Was meinst du dazu? Das mit dem
Café würde mir gefallen, sagte sie. Also,
fahren wir an den Chiemsee? Ja, fahren
wir.

. . .

Adelhard Winzer
Über die
Sprache hinaus

ADELHARD
WINZER
ÜBER DIE
SPRACHE HINAUS
Biographisches

LA PALOMA. Kindheit. Schlager. Kunst
Empfindung. SCHWEIZ. Literatur. Schreiben
DONAUMOOS. Planung. Lehrbücher. SOB
Bühne. ANDREAS. In der Schwebe. MUNDART
Verständigung. GRAN CANARIA. Spätentwickler
DJ. Zufriedenheit. Radio. BANKKAUFMANN
AKKORDEON. Gitarre. Berufsmusiker. Probleme
JACK KEROUAC. Selbstfindung. Gegenwart
Optimist. Zeichnen. GITARRE! Geschichten
MAX FRISCH. Groß und Klein. Geburtsort
Was ist wichtig? Liebe. VETTER SEPP
Schwächen. Großeltern. Schneckmo
Schule. PAUL KLEE. Vater. ALLEIN
Mutter. Anneliese. Bauernhof
Interessen. Häxelmaschine. Unfall
Lesen. MÜNCHEN. Knecht. Trauer
Reue. Familie. Passion
Zuhause

Über die Sprache hinaus
Biographisches. 2021. 84 Seiten
Paperback. ISBN 9783753460789
(Auch als E-Book erhältlich)

KINDHEIT

Ich frage mich manchmal: Wer hat mir
geholfen? Wer nicht? Und wer ist schon
gestorben? Ich erinnere mich an einen
Bauernhof. An die Melkkübel der Magd,
an den dumpfen Geruch im Kuhstall.
Später das Wort *Schmollmund*. Oder:
Warum bist du immer dagegen?! Warum?
War ich nie positiv? War ich nie dafür?
Einmal dachte ich, es sei alles richtig,
was ich mache. Dann sagten die Großen:
Es ist alles falsch!

SCHLAGER

Das Akkordeon meines Vaters hat mich beeindruckt. Schlager, die in zwei oder drei Minuten eine Geschichte erzählen konnten. Darin war bereits alles enthalten, was das Leben betrifft: Liebe, Freundschaft, Trennung und Schmerz. Wahrscheinlich ist das ein Grund, warum ich so kurze Sachen schreibe.

KUNST

Es gab einmal eine Fernsehserie, in der
Gemälde interpretiert wurden, seriöse
Sprecher und alles sehr wissenschaftlich.
Da wurden die Bilder zu Tode kommen-
tiert, dass ich mir dachte: Warum hast
du das nicht bemerkt? Stimmt das?
Ich möchte frei und unbelastet ein Bild
anschauen, ohne dass mir jemand einen
Vortrag hält!

EMPFINDUNG

Es gibt Lieder, die einen sofort treffen,
auch wenn man die Sprache nicht versteht.
Trois Petit Notes de Musique von *Cora
Vaucaire* zum Beispiel. Das Chanson hat
so eine anrührende Melodie, dass ich
weinen könnte, wenn ich es höre. Oder
Le Métèque von *Georges Moustaki*,
übersetzt von *Walter Brandin*. Unglaub-
lich feinfühlig, poetisch und sachlich
zugleich.

LITERATUR

Der Roman *On The Road* von *Jack Kerouac* (in der Übersetzung aus dem Jahr 1959) hat mich beeindruckt. Vor allem das erste *Tagebuch* von *Max Frisch*, das mir die Schwester eines damaligen Freundes aus Schrobenhausen geschenkt hat. Dieses Tagebuch habe ich in *Zürich* gelesen, nein, regelrecht studiert! Ein zwischenzeitlich ziemlich vergilbtes Taschenbuch mit Stockflecken, Eselsohren und zahllosen Bleistiftan-merkungen von mir. Seitdem verbinde ich *Zürich* mit dem Namen *Max Frisch*. Aber auch die poetischen Miniaturen von *Federigo Tozzi: Tiere, Dinge, Menschen* haben mich beeinflusst. *Paul Bowles* und seine phantastischen *Stories aus Marokko*. Die gefühlvollen Geschichten von *Arthur Steiner: Bis Größe 48*.

DIALEKT

Schreiben ist für mich immer wichtiger geworden. Selbst das Verfassen einer E-Mail. Die Transformation von der Mundart ins Hochdeutsche ist außerordentlich schwierig. Was beim Telefonieren wie selbstverständlich klingt, stellt für mich beim Schreiben eine große Herausforderung dar. So dass ich mich immer wieder freue, wenn ich einen komplizierten Satz hinbekommen habe.

PLANUNG

Ich bin eher so ein kritischer Mensch,
der die Begebenheiten gerne von hinten
aufrollt. Sodass die Geschichte eine ganz
andere Richtung bekommt, als geplant
(falls von einer Planung überhaupt die
Rede sein kann), weil ich fast immer
nur drauflosschreibe.

LEHRBÜCHER

Ich habe fast alle Lehrbücher über die
Schauspielkunst durchgearbeitet, die
mir zugänglich waren. Bücher von und
über Stanislawski, Adler und Strasberg.
Interviews und Biographien von Kazan,
Brando, Dean, Zadek. Shakespeare-
Übersetzungen von Brasch, Widmer,
Richartz, Fried. Stücke von Albee, Kroetz,
Fassbinder, Achternbusch, Bernhard und
Frisch. Ich saugte auf, was ich kriegen
konnte. Dürrenmatt, Pirandello, Wilder,
Williams. Stücke von Brecht, Sperr,
Horváth, Fleißer, Specht, Ionesco, Büchner
und Tschechow, Beckett, Zuckmayer –

BÜHNE

Mein Vater war Schauspieler auf einer kleinen Bühne. Von ihm habe ich ungewollt das Wichtigste gelernt, nämlich: wie man es nicht machen sollte. Mein größtes Theatererlebnis war eine Aufführung mit ihm, als ich noch nicht wusste, was eine Theaterbühne für Erwachsene bedeutet. Ich war fünf oder sechs Jahre alt, saß in der ersten Reihe. Der Vorhang öffnete sich einen Spalt, jemand stand dahinter und beobachtete (höchstwahrscheinlich aufgeregt und erwartungsvoll) das HOCHVEREHRTE PUBLIKUM. Ich wusste, das ist mein Vater! Ich erkannte ihn an seinem Husten. Ich erkannte ihn, obwohl ich ihn nicht erkennen durfte.
Das war für mich damals GROSSES THEATER, wahrscheinlich aber auch einer der Gründe, warum ich heute versuche, frei von vorgeformten Erwartungen und streng überlieferten Auffassungen zu schreiben. Stücke, die über eine objektive Wahrheit hinausgehen und sie trotzdem bewahren.

. . .

Quellenhinweise

Die Sprachgrenze
(S. 2 / Briefzitat Ruth Rehmann, aus: Stockholm Blues, Anhang / S. 7-9, 15-20, 24-29, 38-40, 164-172)

Lügengeschichten
(S. 66-67, 29, 11)

Stockholm Blues
(S. 7-12)

Hundert Zeichnungen
(aus: Grundsätze über die Kunst Nr. 32 / S. 2)

Grundsätze über die Kunst
(Nr. 16-19, 22-23, 11, 51-52)

Andreas
(S. 2)

Venedig, von hier aus
(S. 2, 165, 204, 9-10, 54-55, 38, 25, 29-30, 12)

33 Computer-Zeichnungen
(aus: Grundsätze über die Kunst Nr. 02 / S. 2)

Der Pensionist
(S. 52, 9, 7, 19, 51, 11, 13)

Krethi und Plethi
(S. 9-18)

Das Korkenspiel
(1. Akt Auszug S. 35, 42-60)